馴羊記

徐振輔

目次

序章

第一章 城市及其時間地景

第二章 豹子對你而言是什麼？

第三章 複調與遞迴

第四章　雪雀

第五章 定義地方的邊界

序章

星星

五點三十分，我從夢中恍惚清醒，清晨的空氣寒冷到呼吸都要結冰。

疲倦地整理完裝備，走到屋外，暗藍色的天空還在暗藍色的霧中睡眠。想起手機時間是北京標準時間，依照經度座標，這裡至少比北京慢一個小時，也就是月亮方位與天空顏色所呈現的時間。有時我會想，到底是如何的機緣，才讓我此時此刻身在此地？大概還是那次吧，我不安地把一部粗劣的小說初稿給朋友M讀過後，她說了一個可以算是挑釁的評論：「你寫雪豹，問題是你沒看過雪豹啊。」

寫作者當然可以透過爬梳文獻，了解雪豹的生理學、生態學，以及被人類認識或遺忘的歷史；可以透過收集各種角度的照片，知道牠們外觀上的細節（甚至比野外觀察更仔細）。如此一來，親眼所見還有什麼不可取代的意義？我的思考輕輕彎曲成一道問號，然而懷著心的莫名愧疚，那時仍暗自評估探訪中亞幾處雪豹棲息地的可能性，並趁學業空檔整理資料，嘗試各種聯絡管道。不久前，我終於突破重重阻礙來到青藏高原，獲准駐在這個保育NGO的研究站，進行七十二天的雪豹調查工作。

只要在青藏高原待上一段時間，你就會習慣性在夜裡望向天空。彼時月色乾淨明亮，查了農曆，知道當天是二十三，月相是二分之一圓的下弦月。月升於子夜，清晨時就在最高的位置。同行夥伴中有位叫 Terry 的英國人，是有名的環境法與鳥類專家，當藏族朋友發動車子等它「清醒」的時候，我正和他一起看向天空。Terry 突然問我，有沒有看到一顆會動的星星？我順著他手指方向，發現確實有一枚光點正朝月亮滑行過去，隨即淹沒在月光之中。我訝異地問他那是什麼？他

說，那東西是國際太空站（International Space Station）喔。

此前我從來沒有意識到，原來人類已經可以創造星星了。

雪

整個上午，我們都在山谷中逡巡，但沒有找到任何雪豹蹤跡。當地牧民說，前幾天才見到一隻從山稜上走過哩。

牧民的眼睛是鷹隼的眼睛，視線具有穿透性的力量。著名的田野生物學家喬治・夏勒（George B. Schaller）即便在中亞研究雪豹多年，都將其描述為一種「就算站在面前都沒有辦法看見」的神祕貓科動物。牠們毛皮的顏色像剛下過雪的岩石，斑紋如同零星綻放的黑色罌粟。當雪豹沉寂下來，瞬間就會成為山頂一塊真正的岩

石，成為一場降雪中某片毫不起眼的雪花。

然而牧民還是有辦法告訴你，雪豹正從遠處山稜上走過。來到研究站前，我剛沿著中國邊境旅行數十天，在幾戶蒙古族和藏族人家學習成為一名牧羊人。在沒有任何娛樂的放牧時光裡，你會對草原的一切更敏感些——灰狼、禿鷲、風和雲都是草原的一部分，這些元素決定羊群的生存，而你是守望者。雖說如此，我的眼睛依然比牧民愚鈍許多，畢竟眼神和玉石一樣，是種需要時間打磨才會現出光澤的東西。

近午，我們轉移陣地，將車子停在某處狹窄山谷，爬上一側雪坡，用單筒望遠鏡仔細掃描另一側。在這種多裸岩區域，常見到不少毛色略呈銀灰的岩羊（喜馬拉雅藍羊，*Pseudois nayaur*），牠們是雪豹在野外的主要獵物，經常成群活動在嚴峻崎嶇的高山地區。岩羊族群穩定的地方，意味著雪豹很有機會出沒。當羊群開始警戒或者快速移動時，某處也許就潛伏著殺手。

但山谷目前如此平靜，谷底冰凍的河流像一條銀色的線，偶然出現的岩鴿彷彿

被風颳起的白色落葉；胡兀鷲沿著山稜無聲漂流，如一尾游在空氣中的魚——你幾乎感覺得到，雪豹也在什麼地方靜靜看著這道風景，用牠湖泊一樣的眼睛靜靜看著你，而你一無所知。日復一日，我的大腦已經徹底受困於這種苦悶的想像。想起剛到研究站的第一夜，可能是因為高原反應，也可能是太興奮，那天都還沒真正入眠，大腦就開始編織夢境。我夢到三隻雪豹，像三隻小貓在石頭上玩耍，而我從旁拍下一張張光影與構圖近乎完美的照片。直到從淺眠中驚醒，慌忙從床邊抓起相機，才恍悟自己從來沒有看過。

Terry 告訴我，這裡就是他們曾經一天目睹七隻雪豹的地方，讓我感覺自己正置身幻夢與現實的邊界。然而沿山稜觀察了數小時，始終沒有動物出沒的跡象。午後，高原一如往常颳起了風，雲霧遮掩陽光，氣溫驟降，不遠處的黑雲暗示稍後可能下雪。我們決定暫時撤退，等待更好的時機出行。

雪豹活動的高峰通常是清晨和黃昏，所以下午六點前，我們都在一戶牧民家休息。牧區藏人通常不太能講漢語，而我愧疚於藏語沒有學成，只能一面傻笑一面喝

茶。那時見到木門上歪歪斜斜寫著一行少數認識的藏文，我就指著它唸了出來：

ཨོཾ་མ་ཎི་པདྨེ་ཧཱུྃ

牧戶阿姊笑笑說（朋友就翻譯給我們聽），那是小孩子在牆上亂畫的。唵嘛呢叭咪吽，觀音菩薩的心咒，又叫六字真言，是藏傳佛教中最常見的咒文。問她孩子沒有住在家裡嗎？她說小孩在縣城上學，放假才回來。

不知道阿姊是否可以想像，為什麼我們會大老遠跑來這座苦寒高原？而我也無從想像，在成長於此的牧民眼底，這些自然地景究竟美不美？我曾碰見懇求我帶他去大城市闖蕩的蒙古青年，也碰過來自世界各大城市卻渴望原野的人，一如宇宙的鏡像，互補的夢（而夢是沒有辦法交流的）。只是當我沉迷於牧民家門口那條像是流著玻璃的清澈小河時，依然會想，一個有河流的童年和沒有河流的童年，前者在人格上會不會更柔軟一點？

日落時，我們動身前往一處不曾去過的山谷，那裡環境感覺很適合雪豹，也有穩定的岩羊活動。當天同行者除了 Terry 之外，還有一位在阿拉斯加國家公園工作的美國專家 Wayne，兩人都是極有經驗的自然觀察者，能察覺環境中的隱微跡象。當時看著山坡上的羊群，Terry 說如果附近有雪豹的話，羊群應該要比較緊張吧。

「說得對。」Wayne 附和。兩人仔細觀察岩羊許久，一同放下望遠鏡。

「但你很難知道牠們緊不緊張。」Terry 露出自嘲的笑容。

「沒錯。」Wayne 說。

天光漸暗，幾隻胡兀鷲低低切過山谷，遠方傳來一陣「吱──吱──吱──」的尖銳鳥鳴，是楔尾伯勞的警戒叫聲。Terry 說，或許在對雪豹警戒也不一定喔，誰知道呢？然而直到一切安靜下來，依舊毫無發現。夕陽太過昏暗，視野中的一切開始模糊。正當我們準備結束行程時，同側山谷又出現令人緊張的聲音。

喔嗚──

Terry 像隻受驚的小羊瞪大眼睛，手指聲音來向。「很像貓科動物的聲音！」

他對 Wayne 說：「現在是交配季節！」而 Wayne 沒有開口，專注聆聽。

喔嗚——

聲音再度出現時，我們興奮地奔跑過去。這次更清楚了，就在那片山坡，在一群返家的犛牛附近！當我們預感自己即將目睹什麼時，那聲音又出現了，但這次顯得婉轉曲折：

啊嗚——咿——

我們停下腳步，相視而笑。

那是黃昏時，牧民把牲畜趕回家的呼叫聲。

火

千年之暗，一燈能除；

ལོ་སྟོང་གནས་པའི་མུན་པ་དེ། མར་མེ་གཅིག་གིས་སེལ་བ་ལྟར།

百劫累罪，一咒摧伏。

བསྐལ་བརྒྱར་བསགས་པའི་སྡིག་སྤྱང་ཡང་། གསང་སྔགས་རྒྱལ་པོ་གཅིག་གིས་འཇོམས།

——《火的格言》之二十九

研究站位於河岸，是用幾個鐵皮貨櫃組合成的簡約建物。白天行程結束，我們就回到這裡，準備做飯、到河邊打水、處理文字工作，或者閱讀一些需要耐心的書；有時雪下得太大，得上房頂處理漏水，空閒時也會研究如何安裝水泵和輸水管線。可能的話，我想讓自己輪流從事體力和精神勞動，讓身體和心靈交替休息。我以為這樣的鍛造過程，能讓一個人在各種環境下找到所屬的生活方式。

四月剛到時，高原相當寒冷，我們會收集草地上的乾牛糞，在鐵爐中生火取暖。牛糞燒出來的火很溫和，流光似水，會發出開水煮滾時那種悶悶的、令人舒服的聲響，那聲響溫柔得像一枚貼在耳朵上的吻。

以往我並不知道（或說無法體會），火是高寒地區生活的關鍵，直到在呼倫貝爾經歷攝氏零下三十度的冬季夜晚，才意識到在某些地方，失去火就意味著失去生命。火本身帶有一種傷害性和反叛性格，你可以為之灼傷，也可以使之對抗寒冷與黑暗。在阿來的小說《天火》中，有位善於理解風與森林的藏族巫師多吉，過去村子草場只要因為雜樹蔓生而荒蕪，他就帶領村民放火燒荒，讓新鮮牧草重新生長。

文化大革命時期，他因縱火罪名入獄，同時一場夢魘般的天火幾乎將高原燃燒殆盡。

在高寒地帶，人容易因為凝視火而沉入冥思的漩渦，好像那裡面除了火之外，還有一些更深邃的什麼。我想起海恩斯（John M. Haines）在阿拉斯加生活二十五年寫下的那本寂靜又彌漫死亡氣息的作品《星星、雪、火》，提到一個人在如此遙遠孤寂的地方能做些什麼？首先你可以看看天氣——星星、雪、火，很多時候還可以讀讀書。然而當你要去屋外取柴火或雪，或者將廢水倒出去時，都要暫時離開你的牆、你的書，離開你做夢的腦袋。當你會因夜晚的寂靜和接近而精神煥發時，就是一種很好的生活狀態。

於是你也會經常離開火，走到研究站外頭，此時必然習慣性望向天空，暫時沉浸在高原的寂靜裡。這種寂靜並不是躲在完全隔音的房間那種寂靜，而是方圓幾公里內，即便看不見聽不見的地方依然杳無人跡並鑲嵌著風聲雪聲的那種寂靜。這時只要站得夠久，整片夜空的星光就會像雨一樣將你淋濕。

後來天氣逐漸暖和，我們就很少用火了。有天晚上氣溫特別低，我又準備撿牛糞來生火時，朋友桑木旦不安地勸阻了我。他說夏天到了，牛糞裡長了好多蟲子，那可不能燒呀。意思是，要是讓無數蟲族死於火中，就是一生償還不盡的罪孽。

因此我放棄了生火的念頭，但還是好奇問他，那你們夏天想生火咋辦？

「現在住在城裡呀，」藏族少年解釋：「不用燒爐子了嘛。」

足印

夜裡下過一場大雪，清晨的高原閃閃發光。我隨桑木旦往山谷深處走，身後踩出幾道又深又寬的腳印，若和其他動物放一起就看得出來，留下這種腳印的動物並不真的適應雪。

「喂，快來！」桑木旦從遠處召喚，我趕忙上前，看他興奮指向地面說：「雪豹腳印！」

我貼近地面欣賞那痕跡——寬大掌部和四個橢圓趾頭，和人掌尺寸相當，如一朵淺淺雕刻在雪中的花。由於昨夜的雪一直下到清晨，如此新鮮的足印表明一隻成年雪豹剛從右側雪山下來，沿谷底行走一小段（或許停頓片刻），又朝左側走去。說不定在我們努力穿越雪地時，就被牠發現了也不一定。

我感到精神恍惚，自己和雪豹在空間上相遇，卻在時間上錯身而過。無論如何，腳印終點必有一隻雪豹。我們立即攀上左側山稜，穿過以錦雞兒為主的、地獄般的帶刺灌叢，橫越險峻易崩的碎石坡。看那足跡無限延長，你除了憂心自身安全，還會感到極為羡慕，羡慕牠們竟能移動得如此輕巧。

腳下突然爆出巨響，兩團灰影騰空躍出，我先是愣在原地，接著意識到那是兩隻高原山鶉。這種斑紋細碎的小雉雞經常成對躲在雪地，有人靠近時，會暫時不動不出聲，像一團緊繃的彈簧。等距離逾越不可忍受的界限，才在激動鳴叫中轟然起飛。

「這東西特別壞！」桑木旦回過神說，他家鄉從前有位活佛，一天騎馬出行，高原山鶉從雪中竄出，嚇得馬失控狂奔，活佛因而摔死。所以小時候特別恨這東西，見一隻打一隻。我問他爸爸媽媽難道不會罵？他說知道了肯定要罵，所以都是偷偷來的，打了之後就和朋友烤來吃掉。

我知道不少雪豹也曾死於牧民之手，那是所謂的報復性狩獵。因為雪豹棲息地和牧業活動高度重疊，如果放養的牛羊比野生動物更容易取得，就會成為重要的食物來源。當雪豹趁夜闖入獸欄，時常因為驚慌而過度獵殺，等牧羊人隔天出門時，將會發現遍地血流未乾的新鮮屍骸。於是他們在哀憤中扛起獵槍，要讓世上最美麗的貓科動物死在槍下。對獵豹者而言，如此不光減少經濟損失，豹皮豹骨還能在黑市賣出驚人的高價。但這類衝突在牧羊為主的蒙古國比放牛為主的青藏高原更常發生，一來是氂牛本身具有一定能力和雪豹對抗，另一方面，任何殺生都會給藏族人帶來心的折磨。在輪迴的永恆軌道上，生靈巨大如走獸，微渺如蟲族，都可能是你某一世的至愛。那就好像每一隻鳥折傷的翅膀，都會在你母親身上留下傷痕似的。

我們停下腳步，再次檢視雪地的痕跡——就在剛剛，那隻雪豹走到這裡停留片刻，轉一圈後趴下來，壓出一塊平坦表面，不久又走入深深的谷底——這是雪告訴我們的事情。

雪會記得哪些事？譬如落葉和落果的季節，譬如最近有什麼動物經過這裡。因為赤狐、馬麝和雪豹的語言不同，所以雪可以分辨得很清楚。我曾在呼倫貝爾沿車子軌跡行走，雪告訴我，前晚有一大一小的猞猁經過這裡，那時我以為只要日日夜夜打聽下去，終會找到猞猁白天棲息的巢穴。然而事實是，你的腳步永遠跟不上牠們的腳步，那些痕跡只會像剛清醒時還清晰深刻的夢，在你試圖回憶時不斷淡去，淡去，再淡去，直到雪將一切遺忘得灰飛煙滅。

最後，那傢伙走向山谷另一側的隱密樹林了。我在巨岩後方潛伏許久，舉起相機，試圖從中探尋一雙灰藍色的眼睛。有時我以為自己拿的是一把獵槍，一旦按下快門，也會有什麼隨之死去，當這許多痕跡終將以哀悼之姿見證自身消亡的時候。

食骸

有段時間，為了採集研究用的排遺樣本，我會和年輕研究者Y爬到雪豹慣常棲息的高度，沿牠們可能走過的路徑搜尋。巨大的高山兀鷲經常就在眼前飛行。

這種青藏高原最為普遍的猛禽，多數人更習慣的名字是禿鷹。在天葬儀式中，當僧人開始燃燒松柏枝，這些陰暗巨大如同死亡隱喻的鳥，就會神祕地得知消息，從周遭山谷飛來天葬臺，靜候亡者遺體切碎完成。藏族文化中，肉身是心的容器，將失去心的肉身獻給其他生靈取食，是生命最終的施捨。

因此附近盤旋的高山兀鷲增多時，我和Y都感到不太對勁，某處必然有動物死去了。那時我們剛巡完一座山峰，採到幾份樣本要帶回研究站，前面的Y突然對我招手：「過來看，牠們停在那裡！」我上前，看到遠處山溝聚集了十多隻高山兀鷲，其間混棲著躁動的喜鵲，彼此對峙。

我和Y都渴望一探究竟，只是走向山溝的路陡峭非常，隨便拋顆石頭都會滾落十幾公尺。猶豫過後，仍決定前進。我們以近乎攀岩的方式側身下行，偶爾踩上平坦穩固的表面，就用望遠鏡環視四周。如果底下確實是隻被獵殺的動物，那麼獵殺者或許就在附近，正從什麼地方盯著我們。

行進好一段距離，終於從黑影間看清那具屍體，是一隻扭曲開裂的岩羊，毛色失去光澤，眼球頹然汙濁。這景象瞬間和我記憶中另一次目睹死亡的經驗交疊在一起：那是在柴達木盆地一個蒙古朋友的牧場，那天一早，朋友走入羊群四處張望，相中一隻大公羊後，突然扣住羊角騎跨上去，奮力拖回門口；使勁一扭，羊就翻倒在地。他用紅布條遮蔽羊的雙眼，拿一把平常吃肉用的短刀，看準位置，朝羊腹割出一道不超過二十公分的口子；手臂旋即貫入，穿破橫膈膜，拉斷心臟大動脈——這事發生得太迅速、太赤裸、太莊嚴，讓我連呼吸都顯得遲滯。羊顫動幾下便死去了，傷口血流極少，只染紅些許絨毛，像一朵安放在胸口的玫瑰。

「草原上的男人如果不會宰羊，」朋友用刀支解羊身，對我說：「是很丟臉的事情。」

幾秒內，心跳停止，意識之流如霧消散。望著那對鎖孔般的羊眼珠，靈魂居所已是寂默的玻璃球。在我凝神注視的短暫一瞬，究竟有什麼離開了這個身體？

朋友熟練處理羊腹中各種濕滑黏膩的器官，拍擊出海浪似的聲響。他告訴我，用這種方法宰殺的羊「像中槍一樣沒有痛苦」，羊身上不會殘留死前巨大的恐懼、悲苦、絕望這些惡的東西，所以吃這種肉長大的草原之子才會比較善良。後來我和桑木旦說起這事，他相當不以為然，說藏族人誦經過後讓動物窒息而死才更沒有痛苦。唯一的共識是，他們都認為回族斷喉放血的屠宰法最殘忍，當然，回族認為那才是真正良善的方法。

沒有一個經歷過多種死亡的生命帶著記憶歸來，告訴我們何者更痛苦一些，我也不知道眼前腐敗中的岩羊殘骸，是否仍寄宿任何善惡之物？遠處雲霧彌漫，風陷入沉思——大雪就要來了。此時我的膝蓋因為過度運動而疼痛不堪，便保持距離停下休息。高山兀鷲、藏喜鵲、食屍甲蟲、蠅類和細菌正以各自的方式引渡亡者，使其轉生為鳥的血液、蟲的心跳、地的呼吸，如同物質性的輪迴，無始無終。

拍下幾張照片，我走了很長一段距離回到山下。那時探勘另一條路線的牧民朋友正好走來，本想告訴他剛才的景象，他卻先開了口：「剛剛，雪豹看到沒有？」

沒有。

不要說你看到了。

拜託。

「就在那兒！」他指向我們來時的路徑。「你們在那邊的時候，雪豹就從山頂走出來，看了看又不見了。」

我感覺心臟中了一槍。整個下午，我和Y都在激動與惋惜的糾結情緒中失了魂。也許就是那隻雪豹殺了岩羊；也許我們採集樣本時，牠已機敏離去，接著高山兀鷲才聚集起來；也許我們爬下山溝時，牠正在後頭看著；也許，也許。

無論如何，牠必然看見了我們，只要願意的話，甚至能像獵殺其他動物那樣獵殺我。但雪豹從未有過傷人紀錄，牠就只是——只是用那雙深湖似的眼睛，靜靜看著我以朝拜之姿，向山苦行。

等同無聲拒絕了我。

沒辦法，你總要在大雨之夜守候一扇緊閉的窗，到火車站趕赴一場被遺忘的約會，在心裡惦記一個不會兌現的承諾；你總要習慣日復一日的心碎，並在心碎中等待，如同相信青春時期錯過的某人正站在轉角之後，只要奔赴下一個又下一個街口，就能為逝去的時光尋得一絲心迴意轉的可能性。

光的遺痕

錯過無數次後，我開始協助一項必能看見雪豹的工作，就是用電腦檢視自動相機拍攝到的動物，進行分類歸檔。譬如拍到一隻雪豹，我就在檔案標籤欄勾選snow leopard。

該計畫架設紅外線相機的地點常位於寺院附近，那也是雪豹最常出沒的地方。我曾問一位研究者，到底是寺院選址和雪豹棲息地的偏好相似，還是寺院本身對動物有什麼吸引力？「這個嘛，」那人想了想：「也不好說。」

聽說早期尚未收槍禁獵的時代，很多牧民都曾射殺岩羊、旱獺、白唇鹿為食，或者獵捕雄性馬麝，割下腹中極其昂貴的麝香。但對藏族信仰者而言，無論如何困窘，都決不會在神山和寺院管轄的區域狩獵。因此即便是那樣的飢餓年代，神山和寺院依然成為野生動物的庇護所，保留日後足以重新繁衍的族群。

在藏區社會結構中，寺院擁有極大權力，因此我們常得和大喇嘛們打交道，以確保架設和回收相機的工作順利進行（這些設備很容易遭竊或破壞）。有次到果洛開展工作前，原本打算和寺院活佛碰面，但對方因親人就醫而耽誤，我們只得在大武鎮上的旅館連日等候。那時我日日檢查數千張照片，打上數千枚標籤。透過相機的眼睛，許多雪豹、兔猻、赤狐、白唇鹿和岩羊稍縱即逝的瞬間，都成為可以反覆檢視的光的遺痕。機械式處理這大量檔案時，我偶爾會想起，不久前在拉卜楞寺的佛殿外牆見過一幅生死流轉圖——渾身青藍的閻王抱著輪迴圓盤，其中分成六格，分別繪著六道景象。畜生道雖屬下三道，但壁畫所繪風景於我卻有種迷人的力量，彷彿那是一個依然棲息著渡渡鳥、長毛象、爪哇虎、斯特拉海牛、象牙嘴啄木鳥的野生動物黃金年代，彷彿那是一個人類誕生前的原野，語言不及描述的世界。

然而人必會帶著語言，前往每一片終將因其改變的原野；我們也還是需要語言，為所有逝去之事留下痕跡。那些痕跡會透過陷落的積雪、乾燥的排遺、火的聲音、光的一瞬、石頭的刻痕和遠方雨雲淡淡的影子，精準擊中另一個在時間或空間上遙遠的、敏感之人的靈魂，使之顫抖，或者流淚。如同我經常沉浸於卡夫卡絕美的《箴言》之十九：

豹闖入寺院，把祭獻的罈子一飲而空。此事一再發生，人們終於能夠預先做出準備，於是這就成為了宗教儀式的一部分。

鳥之咒

研究站附近山丘上，有一小片雪層杜鵑，桑木旦說，這花盛開之時，表示蟲草季節快結束了；而當一種鳥開始「咕嘀、咕嘀」地叫時，則輪到另一種紫色的鳶尾盛開。

一直到某次在山谷中聽見叫聲，我才確認他所說的鳥是大杜鵑，就是所謂的布穀鳥。這種藏族人視為吉祥象徵的鳥，最讓生態學者印象深刻之處，無非是其欺瞞的本事。大杜鵑不會自己築巢或育幼，而是以巢寄生的方式繁殖。當雌性大杜鵑找到葦鶯或其他小型雀鳥作為宿主，會先躲在隱密處，等親鳥離開時偷溜進去（也有一說認為牠們的羽色擬態猛禽，可將親鳥趕走），叼走一顆宿主的卵，產下一顆自己的卵，此後就再也不回來了。杜鵑的卵通常比宿主的卵更早孵化，雛鳥一出生就會將其他卵推出巢外，但宿主依然將牠視為後代悉心撫育。

六月了，我數不清自己究竟錯過多少次雪豹。那天身心俱疲地下山時，我第一次見到大杜鵑，遠遠看來像極鴿子，在暗色黃昏中發出「布古、布古」的叫聲。牠獨自唱著單調的歌，渴望情人的同時，彷彿也正喚醒沉睡的鳶尾。

「你知不知道牠們在叫什麼？」桑木旦問我。我說可能是在求偶吧，像唱情歌那樣的。「是喔？」少年說：「我們有一種說法是，這種鳥其實日日夜夜在對一塊木頭唸咒，只要找到那塊木頭，帶在身上就可以隱身喔。」他靦腆笑了笑：「不過從來沒有人找到，聽說是不可能找到的。」

或許每個人都曾在童年的某些時刻，希望自己暫時隱身於這個世界吧。我們留戀那些彷彿可以逃避時光追擊的地方，譬如閣樓、衣櫥、公共廁所、上學經過的巷子，或是一條沒有人走的地下道。好像只要把自己藏起來，就可以躲開大人世界的一切（但那時又是那麼渴望長大啊）。而如果真有那樣一種隱身咒，能不能讓我暫時躲進自己的白日夢呢？讓我不被看見，隱蔽氣息，不留足跡；讓雨水穿過我的眼睛滲進土壤，月光流經身體滴落腳下的鳶尾花。若和風一起漂到山頂，或許就能看見一頭沉睡的雪豹，聽見牠的夢與呼吸，觸摸牠柔軟的、令我為之神往的、世上最美麗的白色毛皮。（不可能的，桑木旦如是說。）但那確實是不可能的，即便一無所知且一無所願，世界依然千絲萬縷將你拉回現實，成為這道渾沌風景的一處細節。時光從背後追擊而來，所有童年終將老去。

「說不定只有雪豹找到那塊木頭。」我說：「所以我無論如何也看不到牠。」

「哎呀，那是不可能的。」桑木旦異常自信地說：「那是絕對找不到的啊。」

日夢

辦公室打來一通電話，說晚點會安排車子接我回城裡。這是留在研究站的最後一個傍晚，所有工作都已結束，我將行李打包好，和桑木旦躺在外頭草坡上，談論著雲的形狀。

這幾個月，經常想起電影《白日夢冒險王》中行蹤詭祕的攝影師尚恩·歐康諾。他到格陵蘭的漁船上拍攝水手生活，站上機翼捕捉冰島火山爆發，最後抵達阿富汗邊疆，在喜馬拉雅山區追蹤雪豹。當男主角從紐約趕赴遙遠的雪山之巔，亟欲傾吐滿腹委屈時，尚恩．歐康諾突然要他閉嘴，指了指相機觀景窗——那動物從視野中出現了。兩人輪流凝視著，直到那動物消失，都沒有按下快門。

這是一個過分浪漫的虛構角色，我明白，但還是非常嚮往成為這樣的創作者——流浪、任性、不羈，為了回應對世界的迷戀，把這個世界的失物視為自己的失物，不惜用一生去挽回什麼、反抗什麼。他們深知記憶是追索過去唯一的方式，於是用文字和影像試圖打造一個可供追憶的空間。然而時光推移，擁有之物自指間流逝，最後捧了滿手的，或許只是記憶的空殼。旅程後期，我早已放棄以攝影師的角色記錄雪豹，只想看一眼就好，只要遠遠地看一眼便心滿意足。那樣或許就能沒有遺憾地告別青藏高原，告別我與這個地方緊緊糾纏的、生命中最美好的黃金歲月。

我起身收集一些石塊，疊成石塔，把桑木旦拉起來說：「再比一次。」之前和他比賽用石頭丟木板，那次是我贏了；後來朝瀾滄江丟石頭比遠，勝負難分；這次則是他先擊垮石堆，我輸了，也沒機會再討回什麼。接我的車子已經等在門口，如果再有機會見面，桑木旦，我們或許都比現在老去很多，各自鑲嵌在更加撲朔迷離的社會，到時是否已經變成現在的自己也討厭的樣子了呢？

返程的車上，少年在身後揮手道別。我望向地平線，夕日乍現，高原沉入金光之海，幾隻達烏里寒鴉沉默地立於樹尖。此時眼皮終於很慢、很慢地闔起來，感覺正要從一場夢中醒來，感覺正要睡入一場新的夢裡。

第一章 城市及其時間地景

是留在那裡了。

研究所開學一個月後，我便提出休學請求。指導老師知道我的心思仍在西藏打轉，因此沒有否決我的想法，只是從書架上挑了戴斯蒙（Matthew Desmond）的《Evicted》給我。那本書寫的是八個流離失所者的經歷，雖是嚴謹的社會學著作，行文卻如小說般貼近人心。我意識到，書寫他者心靈的方式有兩種，如果不是依賴想像，就得用心聽別人說故事。

秋天辦完休學手續，我帶著迷惘、挫敗與重生的渴望，獨自飛到青海省西寧市，準備重返高原。在城市逗留一夜後，隔日中午來到火車站，排隊，驗票，上月台。我幻想踏入列車那一刻，心底會響起公路電影的背景音樂，但其實什麼也沒有，唯獨機械般的女性聲音廣播：「各位旅客請注意，本次列車由西寧，開往拉薩。」

爬上窄仄的十六號上鋪，背包塞在枕邊，護照放在有拉鍊的貼身口袋。在陌生地方，總以為暗處藏著竊賊的眼睛。我沉浸在自己胡思亂想的小劇場，看著窗外風景跑了起來，車身搖搖晃晃，這次似乎要漂到很遠很遠的地方了。

次日清晨，突然被喚醒，起身見到兩位身穿制服的檢查員，要求進行安全檢查。我自認是個順民，坦然配合，結果行李中有幾本書被沒收了，包含二〇〇八拉薩事件相關作品、印度流亡者的口述報導，以及唐卡畫師安多強巴的傳記。猜想是昨天在走道看書時，被哪個緊張兮兮的人舉報了吧。值得一提的是，安檢人員允許我留下宇田川慧海的《馴羊記》，因為內容是日文，對方沒能察覺其中敏感內容，真是萬幸！這是一冊罕見的珍本，來自藏書家H前輩——在陪他下了多年圍棋後，老人家有天允許我從收藏中任取一件作為贈禮。雖然禮貌教育告訴我應該拒絕，但我決定先拒絕禮貌。精挑細選到最後，我放棄十九世紀英國鳥類學者古爾德早期著作中一幅巴勒斯坦太陽鳥的插圖，選擇了《馴羊記》。

該書作者生於二十世紀初的日本，是一位備受崇敬的大修行者，繼承涅槃學派。當他讀破浩如星海的大藏經全本，有感於文字載體的限制，又恰逢學術界指出漢譯本真實性的問題，於是他在四十六歲時決心入藏追求更古老的原典，《馴羊記》便是旅行期間寫下的日記。原稿完成後佚失多年，直到色拉寺一位掘藏師得到夢之啟示，從拉薩一幢民房夾板牆中挖出草稿，寄回日本，才得以發表面世。根據書中內容，宇田川在拉薩蟄居多年，最後在一個寒冷的清晨寫下：「言詞已盡，吾將遠行。」

心靈澄澈的修行者走出房門，沿著拉薩街道漸行漸遠，至終隱沒在日光與塵埃之中，下落不明。這樣一本在許多意義上倖存的書，便成為我旅程的良師益友。

離開拉薩後，我流浪到青海一個名為瑪洛的小地方，被牧民收留過年，最終遭警察驅離。三個多月後返回台北家中，呆望散亂的行李，想這一別，有生之年不知有沒有機會回去。頹廢數日，重新適應城市生活的節奏後，我和指導老師見了面，跟他說近年不會再碰中國的東西了。不久後即將復學，我們最近轉而討論人類世下的多物種關係。

編輯得知我回國，想聊聊近況，就應我提議，約在公館一間比利時酒吧見面。

我喜歡比利時啤酒，特別是繼承古老釀造傳統的修道院風格，它的特點除了辛香料的嫻熟運用外，就是會在裝瓶前加入熬製成不同狀態的糖，進行瓶中發酵。因此在複雜風味和較強的碳酸感底下，巧妙隱藏了相當高的酒精濃度，會讓飲者不知不覺卸下情感的盔甲。兩個稱不上有私交的男子單獨相約，本來就是有點尷尬的事情，我盤算借助酒意道個歉，因為多年前簽下的小說集至今仍是一灘死水，估計永遠不會完成了。

不過編輯似乎沒想到這回事。那天他喝得不少，雙頰泛紅，重複提起的只有要我把西藏故事寫下來。面對日前鬆散的日記與手稿，雖捨不得丟棄，又不認為適合發表，只想留到最後和我的生命共化灰燼。因此當下雖說好的，會仔細考慮，其實只是不好意思拒絕，糊弄一下而已。

我倆在吧檯沉默下來，假裝思索下一瓶要點什麼酒。因為淺色、輕盈的啤酒已經喝了幾支，酸啤也開過了，老闆於是乘人之危地推薦一瓶沒有酒標的啤酒。深色酒液，金黃色瓶蓋，瓶頸一道經典的環形浮雕，那不是傳說中的 Westvleteren 12 嗎！這是瓶什麼樣的啤酒呢，它的酒廠位於西法蘭德斯的 Westvleteren 鎮，是由

馴羊記Ⅰ

那天收到一封官方來信，回絕過去所提出的各項請託，我才決心不再繼續等待下去了。

這一年多來，幾次請求外務省為我向印度提出申請，和西藏噶廈政府交涉，以取得入藏旅行的正式許可，卻始終沒有回音。雖然結果不令人意外，我還是為此身心俱疲，比起學習知識所遭遇的困境，這種事才更讓人懊惱。離開日本這塊土地前留下的最後感悟是，政治果然最令人厭惡。

在東京做行前準備那段期間，整個國家陷入混亂不安，幾乎喪失機能。因為日本想和美國簽訂新安保條約，加強軍事關係，無數激進的青年學生走上街頭，衝撞國會，甚至有一名東大女學生被毆打身亡。青春生命的消殞多令人哀惋。那陣子不知有多少人抬頭注意到，東京出現了成千上萬的紅領綠鸚鵡，每天黃昏盤旋在這個憂傷城市的上空。這種原本生活在印度的鸚鵡之所以出現在溫帶島國，據說最初是從鳥籠裡逃出來的。

這就是我對故鄉最後的印象了。

不久後告別日本，到了印度，我才聽聞西藏發生戰爭，邊境地區受軍隊嚴格管控，無法證實的故事隨逃難者四處流傳。在尼泊爾等待通行的日子，我經常在加德滿都的阿山市集見到那些西藏難民，他們混雜在販賣羊毛和湖鹽的布特人之間，四處兜售佛像法器以換取基本生活物資。「八十個盧比！哥哥，只要八十個盧比！」有個男孩總是這樣用愁苦的聲音求你買下那些文物，簡直是在販賣愁苦本身。老實說，經歷了戰火硝煙的西藏文物雖然有些殘破不堪，但鑲嵌的黃金珍寶還是奢侈得令人驚訝，讓人以為戰爭不過是場鑼鼓喧天的熱鬧慶典。

後來我買下一尊觀音菩薩的小銅像，擺在松樹皮製的蓮座上，始終帶在身邊。雖然看起來像尼泊爾黃金時代的造藝，不過應是後人的仿製品。

在市集上晃蕩時，我還見過一名身穿絳紅袈裟的西藏僧人，一面販賣法器一面在眾人面前演示神通。表演開始前，他會先盤坐在地，敲響一聲銅缽——流水般的低鳴鑽進聲音與聲音的縫隙，在吵雜大街上迴響，附近的人很快就會隨銅缽沉寂下來。此時他一手拿起比手掌略長的降魔金剛杵，另一手結起手印，凝神唸誦幾句咒文後，望向太陽的方向，就起身踩著日光往天空上走去了。等到所有訝異不已的人都確定自己不是在做夢，他才慢慢走下來，繼續販售文物。我通常看到他都是在清晨或黃昏表演，因為那時的日光最斜，路徑在霧中清晰可辨。

這種神通對密宗修行者來說不是太特別的事情，卻很有推銷效果。只是這些現象和佛像或法器本身無關，等那些異國旅行者把東西買回去，在朋友面前重述故事，甚至試圖再現表演時，很可能只會被嘲笑得羞愧難當而已。不過更令我在意的是，原來現實中那些未達覺境的修行者，還是會將一些本來絕不可示人的密法當成雜耍表演。

在尼泊爾停留了數個月，擔憂如果入秋後才啟程，極有可能碰上嚴酷的雪季。經過仔細評估，我決定非法越境，走一條翻越喜馬拉雅山脈的險道。那陣子一面張羅路途所需的糧食馬匹，一面忙於探聽進入西藏的細節。將要出行前一天，正檢查一切是否準備妥當時，我突然覺得應該為這趟旅行留下紀錄，於是匆匆趕到市場，買下一令瑞香樹皮製的強韌手工紙。

和一些探險家不同的是，我前往西藏不是想追求什麼神祕奇遇，而是為了理解更精妙的佛法，也有一點是為了理解世上另一群佛教徒而來。通常來說，吸引大眾的旅遊奇遇故事對世界毫無助益，我甚至厭倦那樣的故事。但現在，我卻覺得留下紀錄很重要，好像必須和其他人講述自己的經歷才行。其中的理由我也不太清楚，可能要等到很久以後，再有人翻開我所寫下的東西，才能證實這樣的預感吧。

失語的旅行者

火車安檢完畢，我難堪地收拾行李。為躲避一旁鄙夷的目光，我拿起日記本到遠一點的地方坐，窗外一逕荒涼曠野，茫然下著雪。

海拔上升，疲乏感重擊腦門，胸口像個空空的籠子，裡頭好奇的小動物已經走失很久了。異域風景不再新鮮，四十小時的火車只留下幾行零碎的記述，想起班雅明曾告戒過的：經驗貶值。在現代性的影響下，輕薄、權威、剎那明瞭的新聞才是溝通的主流，說故事的藝術行將消亡。

但如果仍存在一群耐心的、聽故事的人，我想依然渴望來自遠方的切身經歷吧。照班雅明的說法，說故事的人有兩種原型：一種是扎根地方的農人，能掌握細緻的脈絡；另一種則是航海的水手，擁有獨特的異域體驗。反過來說，我們既不信任陌生疏離的，也不滿足於平庸如常的。這些年之所以總在旅行，或許正是心底對於這種過時的古老手工藝還保有天真信念的緣故。但有點不同的是，以前相信故事是野果，生長在一時一地，等待虔誠之人伸手摘取；此刻卻覺得語言如腳印，移動過程必然遺落隻字片語，幾年來說得太多，彷彿也漸漸失語了。西藏究竟有什麼？關於神祕文化與雪域高原的形容詞，透過列車廣播，一路上為旅客打造一座烏托邦，為何聽來總像哀悼之語。

我打開微信，傳了一條訊息給札西。

——昨天下午搭的火車，明天早上到拉薩。

立刻收到回覆。

——會去接你〔壞笑〕〔壞笑〕〔壞笑〕

札西的老家在青海省海西州，兼職寫詩的舅舅在拉薩經營餐館，他偶爾會去那裡打工玩耍。我倆之所以相識，是因為大三第一次拜訪拉薩時，我們共同經歷了一場奇遇，後來便經常在微信上閒聊。我與他分享臺灣的事，他回應我對西藏的疑惑。

大二那年我過得渾沌不堪，嚴重的睡眠障礙攪亂生活，每到黃昏就陷入沮喪。後來在家人默許下，我帶上 Canon 50D 機身、24-70mm 鏡頭以及最簡便的行李，買了飛往中國的單程機票。不確定想尋求什麼或丟棄什麼，如一具斷線木偶，漫無目的地從西安出發；行經平涼、定西、蘭州，到西寧思索一夜後，決定前往西藏。

清晨，來到西寧長途汽車站，負責檢票的黑臉漢子看了我的證件，皺起眉頭，操著藏式口音說：「你這個，好像不行欸。」他沒有要我下車，只是神色為難，想解釋又講不清楚。磨蹭了一會兒，我語氣轉為強硬，說能買到票當然合乎規定啊，到一間他認為全拉薩最好的、名為「頂峰」的咖啡館。這間店同樣以藏文化妝點，但不會讓人覺得賣弄風騷。如果每天都能帶著筆電和書，在這地方工作一個早晨，我不知道生活還能抱怨些什麼。

點好單，找空位坐下，我和他聊著三年前初次進藏、去年到青海找雪豹，以及這次在火車上的經歷。他拿了我的臺胞證和護照，看了看說：「你以前頭髮很短嘛。」我說對啊，快一年沒剪了。

「這次有啥計畫？」他翻閱我的護照，這幾年跑東南亞累積了很多印章。

「沒什麼，想寫點西藏的東西。」

「會待在拉薩？」

「過陣子就走。」

札西闔上護照，用手指敲敲那本綠色小冊子說，認識我之後一直想去臺灣看看，幾次跑到公安局辦護照，才知道藏人一般很難辦得上。後來動起歪腦筋，搞了一張民族欄位改成「漢」的黑證，想買車票，才發現裡頭根本沒晶片。對方說廢話，帶晶片的當然辦不上。「吵了一架，錢也沒能拿回來，哈哈。」他說得像是件趣聞：「也不能報警嘛，你說我是不是傻？」

我當下沒有當成玩笑糊弄過去，只是低頭啜飲，仔細思索著。過了一會兒稍稍抬頭，發現札西還在等我說話，咖啡一口都沒喝。

傷腦筋。

我花了一段時間才適應拉薩的生活，這地方甫經戰亂，有些廢墟還未整理。本來希望在色拉寺取得入學許可，但寺院札倉已遭戰爭破壞。一位老堪布知道我求佛若渴，便安排我住在桑吉仁波切家中，私下參與佛法研習。

我得說，自從離開尼泊爾，一路上遇到的僧人常令我失望。我曾拜會幾位人們尊崇的隱士，但當我登門求道，試探性詢問某些佛學見解時，只能得到粗淺又猶豫不決的想法。他們雖然對這個龐大知識體系如此尊重，卻沒有鑽研的決心，只會神祕地說：自己和偉大上師相比只是無知者，尊貴的學者，請往西藏那邊去吧，會有人跟你解釋一切。

老堪布告訴我，桑吉仁波切從小展現出對佛法的敏銳智慧，十三歲拜仁青益西仁波切為師，聽授《菩提道次第廣論》、《明義釋》等經典。幾年後他來色拉寺留學，在一次例行的辯經中落敗，意識到自己學識淺薄而愧疚掉淚，隨後潛心學習，刻苦修法，徹底精通五部大論和無數深奧的密宗教法。多年後在大昭寺那場令人印象深刻的立宗辯論中，他以沉穩的姿態對答如流，三大寺學者無人能敵，得到經院中最高的格西學位。後來他沒有留在拉薩，而是回四川故鄉隱居。聽說那時他可以禪定超過一年，一天只要吃七粒青稞。直到發生理塘寺大轟炸，他才又逃了回來。

我不知道一天吃幾粒青稞有什麼重要性，也不在乎其他無謂的傳奇故事，只期望解開對佛法的疑惑。桑吉仁波切是康巴人，身材高大，臉部輪廓俊美，然而似乎給人一種憔悴的感覺。後來我才知道他長期失眠，記憶力日漸衰退，但仁波切本人並不認為這是問題。他有個值得觀察的習慣，就是睡前會將所有水杯倒空，並將屋裡每一盞酥油燈捻熄。他說這是因為杯子明天可能就用不到了，也要避免油燈燒過了頭，無人收拾。他問我有沒有體悟過東尼巴——就是藏語所說的虛空。在這短短一瞬間，風流雲湧，原子生滅，一切感官現象皆如湖光，如幻影，然而亦是那些湖光幻影，向心揭示虛空的真理。當知識的火焰將迷惑燒盡，妖魔與神靈都不復存在。

仁波切常向我開示所悟之事，不過同時，他對現實的記憶卻遺失得非常嚴重。有次我見他面對掛在牆上的一條繩子，眉間深鎖，以為正在思索某種道理。直到他發現我站在身後，就問我這東西是做什麼用的？我說這是俄爾朵，牧民拿來丟石頭趕羊的呀。他聽了很高興地說，喔呀！喔呀！然後拿起紙筆，要我把這事寫下來，以免下次又忘了。

大昭寺的蒙古僧

古印度有時間計量單位——劫（kalpa），表示極大的尺度。佛經比喻，以微小芥子填滿長寬各百里的巨大城市，往後每一百年取走一粒，直至全數取盡，所經歷的時間即是一劫。此刻我們身處之世為「賢劫」，依序有千佛降生。兩千六百年前（二十六粒芥子的時間），古印度釋迦族王子悉達多在菩提樹下證悟，是賢劫第四佛。對眾生而言，能在輪迴苦海中轉生人道，聽聞佛的教法，如同在沙漠中盛住一滴雨水，是無比難得的珍貴機遇。

釋迦牟尼將入涅槃之際，命工匠依自己八歲、十二歲、二十五歲的形象分別塑造三尊佛像，供奉在古印度的烏仗那和菩提伽耶。因得佛陀親自開光，後世見此塑像如見真身。

和往常一樣，今天也有一列漫長無盡的人龍，從覺臥佛殿一路延伸至大昭寺外牆，移動速度極其緩慢——這是進大昭寺的第一種路線。第二種則是直接從正門進入，速度快很多，唯一的差別是後者只能遠觀，而前者可以在十二歲像面前參拜。作為自知的遊客，我與札西買好門票（昂貴的八十五元人民幣），選擇後者。

跨入門檻，首先進入一個院子，周圍可見三層樓高的金頂建築，格局深邃繁複，樓居無數神靈，好像一枚果殼中藏著一座熱帶雨林。無論是不是佛教徒，由此開始，都會心生敬畏。

沿迴廊前行，牆上有晚近修復的佛本生故事壁畫，源自喀什米爾詩人格衛旺布的《如意藤經》，另有賢劫千佛之像。過一個狹窄廊道，建築突然轉為相當古老的風貌，門梁是厚重的黑色木頭，原先應有非常精美的雕刻，但現在快看不清楚了。那不是一般藏式或漢式風格，而是出自黃金時代的尼泊爾工匠之手，足有一千多年歷史。我步步逼近內殿，卻在時間中飛速逆流。

遠古時代，青藏高原長期處於部落林立、相互征戰的狀態，信仰泛靈論的苯教。直到西元七世紀，著名的松贊干布作為雅隆部落的首領統一全藏，選定拉薩河谷為吐蕃王朝的都城，開始推行佛教，建造寺廟。當時佛的八歲像仍在尼泊爾，十二歲像則在兩晉時期被帶進中國。隨著松贊干布迎娶大唐文成公主和尼泊爾赤尊公主為妃，兩尊佛像也一同來到拉薩，自此供奉一千多年。到了一九六〇年代，文革席捲，小昭寺那尊八歲像遭人攔腰鋸斷，上下半身流落異鄉。而大昭寺雖受革命之害，十二歲像卻安然度過此劫，其完整、華美、悠久、殊勝，世上沒有塑像能與之相比，佛教徒謂之見即解脫。至於二十五歲像，據說早在印度便毀於戰火了。

踏入主殿的剎那，彷彿一把斬刀自空中砍下，內外空間切成兩截。塵俗在你身後斷然消失，眼前出現十世班禪喇嘛像，左側一尊未來佛，右側是蓮花生大士。空氣充盈古建築氣息，淡薄日光如雨一般從窗口輕輕淋落，安靜軌跡在塵灰中清晰可辨。酥油微光，彩布低懸，某塊不起眼的牆面都可能找到數百年前的壁畫殘跡。

主殿中央是經堂，周圍分割成許多小殿，入口各自掛了鐵鍊製的簾子。我們隨擁擠人潮前進，木欄外列隊的朝佛者近乎靜止不動，僧人們則在信眾圍繞下專注進行午課。在大昭寺如果不趕時間（這是必然的），請別急於走向供奉著十二歲像的覺臥佛殿，務必依序推開一道一道被燻黑的鐵幕，在古老、昏暗、狹窄的小殿中，感受每一個被包裹起來的、永恆凝滯的時空。

這天，大昭寺發生了小小的騷動。

剛從觀音殿出來時，隊伍停滯了，我見後方群眾讓出僅容一身的小空間，像濃稠膠體中的氣泡，朝覺臥佛殿輸送過來。包裹其中的是位很老很老的朝佛者，鬍鬚雜亂，乾瘦至極，斑白頭髮分成兩股，跨過肩膀垂到胸前；身上穿的與其說衣服，不如說是塊破布。他每走三步叩一個等身長頭，過程中右手始終高舉，因而肩膀歪曲，動作搖晃彆扭。據他們說，這人是內蒙古有名的苦行僧，年輕時用一把長馬刀殺過很多人，後來皈依佛教，就用布條把早年砍人的手綁起來，吃飯睡覺都舉著不放。傳聞他幾年前從呼倫貝爾出發，要一路朝拜到拉薩，贖年輕時候的罪。

老僧越來越靠近時，我發覺不太對勁，他高舉的右腕緊纏布條，手掌黑如枯草，五指頹軟懸掛；前額一塊灰黑色隆起，顯然是長期叩拜累積的硬繭。經過面前時，他一雙眼睛瞪得很大，近乎外凸，表面石頭般黯淡乾澀。在我注視的這段期間，那眼睛一次也沒眨過，彷彿連睡覺都是這樣凝視虛空，允許夢境與現實交纏在一起。

許久後，他抵達覺臥佛殿。我勉強踮起腳尖，看他踏上幾階古老厚實的木梯，進入那個小小的、被煙燻黑的洞穴。裡頭有數盞大酥油燈，把陰暗的內殿照亮，但不是真的很亮，而是火在黃金之間反覆映照後，很具重量感的光。

雖然不是第一次見到，心臟卻仍有觸電之感——佛靜靜盤坐在裡頭。

佛很高大，幾乎占據整個內殿，頭戴鑲滿珍寶的華麗五佛冠，無聲無息，無喜無悲。佛的目光低垂，朝向他，但不注視他，像是剎那看穿他背後的很多很多東西。朝聖者渴望的正是這個只屬於自己和佛的時刻，可以獻上哈達、紙幣與酥油，說出心底積聚已久的話。佛聽不見人口中發出的任何一點聲音，但他們前額觸地的瞬間，祈願依然像微細的塵埃從額角飄散出來，和酥油煙灰一起在祂身上沉澱，日積月累。

佛的重量每天都會變重一點點。

不過真正改變祂外觀的是黃金。改革開放後，越來越多信徒從四方聚集而來，日復一日供養金箔，讓僧人刷上祂的面部和身軀。久而久之，佛變得比原先豐腴許多，線條逐漸圓滑。每隔半個月到一個月，僧人就不得不刮去過多的黃金，重新描繪面部細節。這就像風沙刮磨山脈、雨水揉洗草原那樣，已經沒有人敢說祂和最初的樣子有多少相同、多少不同了。而那一盤盤刮下的金粉，便成為大昭寺金頂定期鎏金工程的主要原料。

仰望許久，老僧這才叩下最後一個頭。他起身和一旁僧人示意，用健康左手從佛前端起一盞酥油燈，舉到和右手相同高度，宛如準備摘下一枚發光的果實。他雙手越靠越近，直到左手的火，點燃了右手。腐爛的手開始熾烈燃燒，從表皮往骨骼咀嚼；接著明火轉為暗火，如燒過的木炭從深處泛出紅光。所有人看著那隻手掌在濃煙中皺縮、焦黑、傾頹，最後只能隱約辨識出細細的黑骨。

漫長的燃燒過程中，沒有人出聲，也沒有人動。火熄滅了，整個空間隨之暗去一點點。此時老僧想放下右手，但舉了太多年，筋骨都變形了。幾番嘗試，原本神色鎮靜的他終於露出痛苦的表情。

老僧離去後，時間重新流動，大昭寺自沉思中醒覺。

轉完主殿，我們沿階梯上樓。二樓有個露天平臺，住著幾隻流浪貓，大概被餵習慣了，不太怕生。

「那個老人家，從前殺的都是藏族人。」札西蹲在地上，搔著一隻灰貓的腦袋。「偽滿洲國知道不？」

「我猜到了。」我說：「他是滿洲國的蒙古騎兵。」

他告訴我，以前在海西讀民族中學的時候，藏班跟蒙班是分開的，兩邊水火不容，隔三差五就要打上一架。後來有位蒙族新同學，上學第一天就跑到藏班，在眾人面前下跪道歉，說他知道以前的人做了很不好的事情，希望得到原諒，否則一輩子不會安心。「我今天就跪在這兒了。」新同學不像開玩笑地說：「打不還手，罵不還口。」當時大家只覺這人有毛病，叫他滾回去。幾年後，才從長輩口中聽到革命年代的故事。

「你會不會恨蒙古人？」我問。

「沒有。」他搖頭說，小時候最早學到的詞除了爸爸媽媽之外，既不是愛也不是恨，而是「寧傑」，小朋友看到受傷的小動物都會說：「啊，寧傑啊。」

我點頭。寧傑是憐憫的意思。

這天離開時，我們見到兩個穿制服的人在跟僧人談話。札西說，他們是在詢問稍早蒙族老僧的事，這種行為在西藏畢竟比較敏感。我當下頗為擔憂，不過幾天後，又見到老僧在八廓街轉經的身影，手已經放下來了，傷口似乎沒有得到妥善處理，空蕩蕩晾著。

但當時見到穿制服的人，我仍相當緊張，問札西會不會出什麼事？

「什麼事？」他說：「他的心願都已經完成了呀。」

馴羊記III

我推測，或許是大腦海馬迴的某種病變，導致仁波切失憶的情況日益嚴重，伴隨偶發的癲癇症狀。一段時間之後，他的住處幾乎貼滿紙條，都是我替他寫下的備忘錄。譬如他床邊放了一個碗，紙條上就寫：「碗，盛裝食物和茶水，每天早上喝一碗酥油茶，酥油和茶葉在櫥櫃上層。」同樣地，酥油和茶葉也有自己的紙條，描述功用和打酥油茶的方法。整個屋子遂成為一本繁複的書，符號好像取代了生活本身。

有次我出於好奇，請教達賴喇嘛出逃印度的事，仁波切眼底火光閃現，言詞支支吾吾。我明白他是急於傾訴，只是需要一點時間處理面對回憶的態度。我付出全然的耐心和包容，於是故事就開始了——他並不直接告訴我那年的事，而是從很早很早以前，神猴和羅剎女生下藏民族的祖先說起。仁波切說，每一個故事都必須放在另外一些故事裡面才能活著，好像樹要在森林裡才有生命力一樣。他說故事時，希望有人能寫下來，我便遵從他的想法。這些口述故事最後整理成三冊的《爐邊史・吉祥寶瓶》，託人送回日本。

我們每次談話的時間大概兩到三個鐘頭，過程中，他的思維是跳躍而紊亂的，我不得不經常提問，引導敘述走向。慢慢地，兩人彷彿進入一種共同的夢境狀態，不免讓我聯想到卡爾・榮格先生，他似乎也闡釋過類似的人類心靈運作機制。談話結束後，仁波切通常要休養幾天，而我也得消化這些內容，才能進入下一階段。如此進行數個月，寫下近千張筆記，當初買下那麼多樹皮紙果然派上用場。不過仁波切畢竟年紀大了，體力不堪負荷，幾次談話過後甚至大病一場。我曾問他，為什麼要如此執著，過去的事何不就讓它過去？

他說寫下來，是為了可以安心遺忘。

後來我找到《爐邊史．吉祥寶瓶》，摘錄部分內容如下：

（桑吉仁波切口述）當年，在大昭寺那場傳奇辯經會上，我得到最頂級的格西學位，如此色拉寺的學習就算完成了。之所以決定返回故鄉，並不是外面流傳的要閉關修行，其實只是重拾遊牧生活而已。我發覺一個人在學院待得太久，容易誤以為自己擁有智慧，這時應該重新感受生命的根本煩惱，向渾沌的生活追索真理。

放牧那些年，我很關注外地的事，意識到這個世界互相牽連的方式和古老時候有點不同，此刻在世界這一頭買個東西，都可能影響世界另一頭某些人的命運。那幾年藏人和外面人的關係越來越密切，其中最積極的，當然包含達賴喇嘛尊者——嘉瓦仁波切。在共產黨成立新中國的第五年（筆者按：西曆一九五四年），他們邀請十九歲的嘉瓦仁波切到北京，在漫天紅旗的天安門廣場參與慶典，並授予第一屆全國人民代表大會副委員長這個極高的職位。

我在城裡見過一張黑白照片：右側是十九歲的嘉瓦仁波切，左側是穿灰色漢地服裝的毛澤東。嘉瓦仁波切面向毛澤東，以人大副委員長的身分敬獻哈達，但毛澤東並沒有依照禮節彎腰。這裡頭有什麼意思，你可以琢磨琢磨。

那幾年，流行起一種叫土地改革的活動，照他們說法，是要鬥爭罪大惡極的階級敵人，同時收繳槍械，徵收糧食。開展工作之初，土改工作隊進駐藏區各地，宣布那個地方和平解放。他們帶來很多新觀念，譬如先進社會和舊社會的區別，文明和野蠻的區別，個人和集體的區別。他們告訴大家閒置土地和森林是一種浪費，所以組織合作社，挖草地，種蘿蔔土豆。可是一直種不好，他們就說是村民缺乏決心，要僧人離開寺院回來當踏實的勞動人民。另一方面，他們設了伐木場，把森林裡的木頭拿去建造社會主義的大樓房，只是我們一直也沒見到那種樓房。

有時一些「覺悟比較高」的人會被招收到漢地，用幾個月的時間培養成民族幹部，回來促進地方居民和共產黨合作。同時他們暗地裡吸收很多窮人和流氓，到縣城參加階級教育訓練班，幫助那些人「想起舊社會時被剝削欺壓的痛苦」，然後組織批鬥會，吐苦水，煽動對地主和僧人的仇恨，甚至鼓勵小孩揭發父母。被確認的敵人大多會面對同樣的命運——極盡羞辱和死亡，過程以多種你無法想像的方式進行，比對待牲口還不如。用漢話說，就是殊途同歸，只要完成從肉體上把敵人殲滅的目標就行。不過在軍方報告中，很大一部分人名義上都是自殺。

土改實施沒有多久，反抗暴動的消息就在各地流傳，最先是從色達的幾個部落開始的。因為從來沒有外地人這麼弄過，那邊又都是剽悍的康巴人，所以很快地，四川藏民幾乎跟解放軍全面開打。拉薩因為地處偏遠，因此東邊動亂時，很多人都逃來這裡，我也是這樣過來的。哪一年呀？記得是藏曆火猴年吧

（筆者按：西曆一九五六年）。

我們這些逃難者都會直接被視為叛匪集團，如果讓人抓到，將面臨不敢想像的後果。因此倉皇逃離的路途中，開始有恐怖故事在難民之間流傳，人們在日落後經常惶惶不安。最害怕的除了槍砲聲之外，就是那些佩戴冰冷長馬刀，像月亮影子一樣安靜的蒙古人了。

因為漢人解放軍不適應高原環境，各地反抗讓他們難以應付，因此找了蒙古人當傭兵。他們不是普通的蒙古人，而是滿洲國時期，曾在興安軍官學校受日本軍事訓練的蒙古騎兵師。解放軍透過戰前思想報告，告訴他們，西藏貴族會活生生把奴隸眼睛挖出來，割掉鼻子，砍掉手腳；喇嘛還會殺死少女和嬰兒，將腿骨或頭蓋骨做成樂器，以此為樂。

聽過報告，蒙古兵湧起憐憫，以強大信念投入戰場。這最令人絕望。所有人都知道，要偷走蒙古人的馬何其困難？他們過著和我們同樣的生活，深知草原性格，只要稍微視察一下牲畜留下的隱微足跡，瞬間就能判斷多久以前、多少匹馬、載著多少人經過這裡，絕不丟失線索。一旦掌握叛匪集團的行蹤，他們便領著解放軍千迴百轉步步逼近，最終潛伏在逃難者帳棚附近，等待凌晨最寒冷的時刻突襲。戰鬥的第一波是空投炸彈，讓人群嚇得混亂四散，再讓士兵拿機關槍掃射。若有倖存者突破包圍，或許就能在臨終時，聽到那些手握馬刀的蒙古騎兵呼喊著：「解放西藏！」

這世上確實有人經歷過，也目睹過那樣的景象。他們說天光微亮時，萬千屍首靜靜躺在草原上，像一群陷入深沉睡眠的動物。原本清澈的河流，也被染成人血的黑色。

拉薩及其時間地景

漢傳佛教四部《阿含經》源自古印度巴利文的《尼迦耶》，是認識原始佛教的重要典籍。翻閱此作，會發現各篇開頭皆有「如是我聞」四字，因為那是佛入滅後，幾位弟子依據回憶所述的佛陀言行。它既是佛說的話，也不是佛說的話。內容除了試圖逼近真理的教法，《長阿含經》中的〈世記經〉亦描述宇宙結構。

宇宙中有無數世界，每個世界皆為圓柱體，事物存在於頂端平面。平面中心為須彌山（許多人相信岡仁波齊峰是我們這個世界的須彌山），四方對稱分割成四大洲、八中洲、無數小洲，大地為海環繞，天有日月星辰。在西藏諸多藝術形式和宗教儀軌中，這種理型經常表現為一個完美的圓，包覆著四牆組成的方城。外緣是火，中央是佛。

這結構在梵文中稱為曼陀羅（Mandala），意即壇城，或者圓。

時隔三年，我又站在布達拉宮石階上，展望整個拉薩城。

從這裡就能清楚看出，海拔三千六百六十公尺的拉薩其實是一片平坦河谷，四周群峰高達五千公尺。其間有一條與城市相互依偎的拉薩河，千年來侵蝕岩石，積澱平原，帶來流水與泥沙；而人們築起堤防，開挖水道，建造橋梁與渡口。無論哪一群人或自然物，向來無法獨立改變一座城市，他們必得透過對話、協商、索取、退讓，戰戰兢兢地摸索某種共生的可能性。城市在每一個時代的樣貌，都是一段互動過程中的暫時性結論。

布達拉宮建在瑪布日山頂，拔地而起一百多公尺，是河谷中央一個突兀的制高點。你若低頭，視線穿過拾級而上的朝佛者，會在山腳見到名為「雪」的古老村落，對面是布達拉宮廣場，矗立著潔白的西藏和平解放紀念碑。接著慢慢抬頭，一直到拉薩河之間這個區域是所謂的老城區，始於七世紀松贊干布的時代。雖然現在仍有許多黑、白、紅三色為主的藏式碉房，但在古舊表面底下，同樣活躍著酒吧、火鍋、燒烤和歌舞廳。

現在若將視線左移，就會見到大昭寺金頂，那毫無疑問是老城區的心臟，最早的外地商人、手工作坊、客棧、行政機關都聚集於此。雖然拉薩有明確的地政邊界，但在一些老居民心底，只有大昭寺一帶才是真正的拉薩——這名字的藏語意思是「神之地」。

拉薩存在三條同心圓式的轉經道，每天有無數信徒虔誠繞行，重要性並不亞於朝佛本身。其中最內圈稱為囊廓，是以佛為中心轉大昭寺內殿；中圈稱為帕廓，原本轉的是古大昭寺周圍，現在則是擴建後的環形八廓街；外圈稱為林廓，繞的是整個老城區，長度大概十公里。借用英國建築學大師希列爾（Bill Hillier）所提出的空間語法（space syntax）概念，如果將建築形制與街道模式皆視為文本，會發現曼陀羅是拉薩離不開的主題、人們透過空間表述意義的根本邏輯。這固執地決定了胚胎時期的城市結構，因而在二十世紀中葉前，老城區都還沒有任何筆直方正的街道。

我所接受的西方時間觀與空間觀是線性的，或許這就是我經常在八廓街巷子裡迷路的原因，並且在心底最深最深之處，埋藏著對盡頭揮之不去又說不清楚的恐懼。

藏傳佛教密宗法教中，有一項繪製沙壇城的神祕儀軌，是由數名僧人手持一只極為細長的金屬漏斗，以彩色細沙打造一幅精緻繁麗的壇城沙畫。沙粒之流如針如墨，從幾不可見的細口窸窣流瀉，像時間本身疊加出具體而微的瑰麗宇宙，其龐大堪比真正的建物，其細緻不亞於對豆子進行雕刻。這項藝術的美學意義（如果你視之為藝術的話）並不在成果，而是當壇城終於曠日費時地完成，僧人便會即刻將之抹滅。世界傾頹破碎，須臾回歸塵沙。你甚至不及記憶，它便在誦經聲中倒入河流，成為溪床的一部分。

我心中有一本非虛構寫作的典範《到拉薩及其更遠方》，作者是義大利最重要的藏學家圖齊（Giuseppe Tucci），他曾有句美麗的斷言：「建築是依照祭壇的模式來重建世界。」確實如果忽略時間與空間的尺度差異，建造城市和繪製沙畫並無二致。成、住、壞、空。沒有什麼能夠挽回，也沒有什麼值得挽回，它們用自身的幻滅寫下永恆的警句——和合之物，彈指即滅。

請隨我繼續往外看吧，曾屬於界外虛空的地方，近幾十年則漸漸長成了新城區，那裡高樓林立，道路垂直交叉。要繼續細分的話，新城區當然也有比較新的部分跟比較老的部分，只要你願意，邊界是無窮的。

當我們終於看到河谷平原的盡頭，會在山腰處發現拉薩三大寺的其中兩座：色拉寺和哲蚌寺。那和老城區已經頗有距離，據說是為了避免喧囂俗世，讓僧人得以清靜學習。確實過去很長一段時間，拉薩大小寺廟、貴族宅邸、平民聚落都分散在河谷各處，其間則是廣大的濕地與林地。但現在，新生城市把這些地方黏合在一起，舊的邊界被抹去，新的邊界依循新的秩序而生。譬如以往沒有的眾多武警與檢查哨，在此刻新的意義下，又將拉薩分割成比較敏感的地方與比較不敏感的地方。

對了，剛剛望向河谷邊緣時，不知你是否注意到，西北邊有一塊像是城市刻意割讓出來的蘆葦濕地，與新城區僅以道路區隔，互不侵犯。對我來說，那很像一塊拉薩的時間地景。

時間地景（Time Landscape）是美國藝術家松費斯特（Alan Sonfist）在一九七八年創作的地景藝術品。他在繁華的紐約曼哈頓下城找了一塊二十五乘四十英呎的閒置土地，種植白樺、黑櫻桃、紅刺柏等早期原生於當地的植物，而後放任自由生長，試圖重現紐約三百年前的自然地景。他說，我們應當建立一種類似於戰爭紀念碑的自然紀念碑，提醒人們這塊土地曾經的樣貌。

確實在更早更早以前，站在還沒有布達拉宮的瑪布日山頂，舉目四望都會是那樣的濕地與林地。現在若以衛星的視角，從太空中俯視拉薩，則全是灰白色的城市建物，唯獨西北角有一塊殘存的暗棕色缺口。那地方藏語稱為當巴，意即生長蘆葦的地方，現在的名字是拉魯濕地自然保護區。

拜訪大昭寺那天，札西對我複述這段常見的解說稿：當年文成公主帶著十二歲等身像進藏，在冰天雪地中跋涉千里，佛像都用一輛馬拉木車載運著。當送親隊伍終於抵達拉薩時，木車卻深陷在惹木切的沼澤地帶，無論如何拉不出來。所謂惹木切，即是現在的小昭寺附近。得此凶兆，精通陰陽五行的文成公主經過測算，發現西藏地形乃魔女仰臥之相，為鎮伏魔道，必須在祂十二個關節和心臟處蓋上寺廟才行。後來十二鎮魔寺建成，唯獨心臟是一座湖泊，人們本想用土填平，湖水卻汩汩湧出，怎麼都乾不了。最後只好用木材把整座湖泊覆蓋起來，再將最後的寺廟建在上頭。這就是大昭寺。

說完他帶我去看寺中一塊黑色大石頭，石頭頂端有條深不見底的孔道，直通寺廟底下。他說，這是松贊干布為了向後世證明底下真有個湖泊而留的，據說只要靠近洞口，就可以聽見水的聲音。

「真的？」

「真的。」

於是我走上前去，彎下身子，側頭貼近孔道，集中所有注意力去傾聽。

而湖泊就對我說話了。

當然沒有，久久傾聽，連一點水的跡象都沒有。

馴羊記Ⅳ

以下摘錄自《爐邊史·吉祥寶瓶》第三卷：

（仁波切口述）戰事從東部往西部蔓延，數萬難民逃來拉薩，在城外搭起氂牛毛編織的簡陋帳棚。城裡人聽說了東邊的事，又看到這種景況，氣氛越來越緊張。那種感覺好像以前在老家看見對面山頭的森林大火似的，空氣中充滿煙灰氣味，夜裡隱約見到紅光，就是不知道什麼時候會燒過來。

這時有群外地來的康巴人，悄悄成立「曲西崗珠」軍隊，誓言為了保衛佛法而戰，衛藏這裡很多人也投身其中。另一邊，西藏工作委員會知道情況敏感，於是訓練一支使用現代武器的民兵隊，在拉薩各地駐點站哨。有人注意到，大昭寺周圍的房屋上頭，用黃褐色沙包推起了小小的堡壘，每一面都有槍眼。這景象讓人擔心，因為大昭寺是舉行法會的地方，佛在裡頭，嘉瓦仁波切也在裡頭。

那年破九（筆者按：藏曆除夕前一天），拉薩舉辦了歷史上最後一次古朵節，布達拉宮要在德央夏廣場進行羌姆儀軌，準備迎接新年。雖然那時社會很緊張，嘉瓦仁波切還是依照慣例，邀請漢人領導同來參與節慶。

所謂羌姆，是一種佩戴神靈面具所跳的金剛法舞。舞者必須是受過無上瑜伽灌頂和三昧耶戒、經過嚴格訓練、有相當佛學修為的僧人。當他們穿起神衣，戴上大威德金剛、八大閻羅、屍陀林主等神靈面具，便要在心中觀想本尊護法，身、語、意進入神靈之境，頃刻便如神靈降生。他們踩著跳躍旋轉的步伐，表現九種身相，分別是優雅、英姿、醜態三身技，凶猛、嬉笑、恐怖三口技，以及悲憫、憤怒、和善三心技。羌姆的意義除了驅魔祈福外，也是為了呈現另一個世界的景象，讓生者明白亡者之事，以免靈魂離世時，中陰身對即將到來的千百神靈感到恐懼。

那次破九羌姆大會，民眾湧入德央夏廣場，熱鬧非凡。嘉瓦仁波切和漢人領導坐在白宮最高的看臺上，俯視底下一切。聽說領導就是在這時和尊者說，他們組織的文工團最近編了一齣新版《文成公主》，非常出色，希望改日一同到軍區看戲。為了緩解緊張的政治情勢，尊者表示很有興趣，雙方就此約定。

一個月後某天夜裡，有個人騎著馬四處奔波，通知這個令人惶惶不安的消息：尊者明天就要前往軍區看戲，而且對方禁止護衛隨行，由解放軍負責保安工作。那幾年大家常聽說有大喇嘛應邀出席軍區活動，去了就沒回來過，所以消息傳開時，所有人都非常害怕。有人回家穿起厚厚的袍子，將刀槍武器包裹其中，凌晨便趕去尊者所在的羅布林卡。那晚沒有一個人睡得著，我也整夜唸誦祈福的經文。

天亮後，商店幾乎全部關閉，也沒有平常那些小販，人們都慌忙前往羅布林卡。當我來到林卡附近時，看見難以計數的洶湧人群堵在圍牆外吵鬧哭喊，要漢人不要把尊者帶去軍營。那時消息很混亂，群情激憤，還有一個西藏自治區籌委會的年輕藏族幹部被當場打死。嘉瓦仁波切當然不得不暫時取消行程，只是人們還是無法忍受不安，開始釋放長久以來的壓抑。接下來幾天，情況越漸失序，包圍林卡的人們試圖阻斷拉薩高層和軍方的信件往來，城市近乎癱瘓。很多男人拿起武器成為志願軍，數千名婦女聚集在布達拉宮前面抗議，街上到處都是大吼大叫的群眾，焚燒領導畫像，要漢人離開西藏。

領導對此相當憤怒，認定這是有計畫有預謀的叛國活動。不過他們早就做好準備，集結數萬解放軍部署在城外，進入備戰狀態。

我感覺到，拉薩將面臨毀滅性的災難，心中最擔憂的還是尊者的安全。在我們藏民來說，達賴喇嘛是觀世音的化身，讓人們在苦難中保有心的寄託。西藏最常見的綠度母和白度母兩尊菩薩，就是觀世音在踏入西方淨土的門前，回首見到沉陷輪迴的世間眾生時，所流下的兩滴慈悲眼淚的化身。嘉瓦仁波切生在荒唐動亂的年代，以大海般的悲心努力化解衝突。但當你想幫助一個人時，很可能就會傷害另一個人；當你不幫助一個人，卻又得獨自承受悲憫的折磨。尊敬的嘉瓦仁波切不為自己而活，而是為了承擔信仰者的祈願而活。

那天，我終於聽見遠方響起機關槍的悶響。

拉薩人或許對那聲音陌生，但我們經歷過逃難的人卻非常敏感，可以想像遠方正發生什麼事情。當聽見第一聲槍砲，我就知道情況無法挽回，隨即準備好糧食、酥油、茶水和經書，躲進房子的地下暗室。往後幾天，槍砲聲逐漸從遠方逼近，有時在打坐，突然就發出轟隆巨響，地底為之震動。那砲火密集的程度就像在下一場雨，只是每滴雨水的重量都相當於湖泊。我內心浮現恐懼，可多年的修行讓我得以面對恐懼。而真正令人不安、幾乎動搖我心的，還是那隱隱約約的絕望哭聲。我不確定外頭是真的有人在哭，還是半夢半醒間，又被喚起逃難時的深刻記憶。

不知過了多少天，槍砲聲終於不再響起。我永遠記得離開地下室那天，外頭是寂靜的深夜，空氣帶有一股複雜的苦味。走出家門，從雪村慢慢經過藥王山、布達拉宮，前往羅布林卡，再沿拉薩河岸回到小昭寺、大昭寺。我走進每條巷道和無人的院子，在那麼美的淡藍色月光下，傾倒的牆垣、碎玻璃、砲殼、彈孔、焦痕，數以千計的人靜靜躺在城市各個角落，漂浮在暗紅色的河道上。無論生前是什麼模樣，無論曾經是藏軍、志願軍、解放軍、商販、牧民、貴族、乞丐、密院僧人、誰的母親、誰的孩子，此刻破敗的肉身都不堪地停留在臨終前痛苦、悲傷、恐懼、懊悔，乃至於愛與恨的一瞬間。我到處都能看見剛剛離世的中陰之身，數以千計地在街道、山溝與河面漫步。祂們像一座漂流的白色枯木林，茫然地穿過彼此，想回家，卻找不到回家的路。

你問我拉薩以前是個什麼樣的地方……這我已經想不起來了。只記得那個冰冷黑暗的夜晚，我在沒有生者的街道上點起一盞酥油燈，一遍又一遍地，為祂們唸誦《度亡經》。

賣夢的人

旅行者如果失去景點作為指標，老老實實過生活，恐怕會發現拉薩和其他城市並無二致，夢也行將瓦解吧。因此十多天後，我仍訂下返回西寧的火車票。

在城市最後幾天，我常背個小包，穿過北京東路的天橋，到沖賽康市場閒晃。拉薩有六個頗具歷史的傳統市場，分別是城北的堅布崗、沖賽康；城東的鐵崩崗、旺堆辛嘎；以及城西的夏薩崗、薩波崗。藏學家廖東凡寫道，早在和平解放之前，這裡就能買到美國汽油、德國相機、瑞士手錶、法國香水、英國自行車、義大利毛料、印度罐頭與布匹。就算景點不再新鮮，異域的市集也永遠不會讓人厭倦。

沖賽康的核心是一棟三層樓綜合批發商場，內有一千六百多個攤位；周圍巷道也不亞於商場，有許多店鋪、推車、地攤，商品囊括鐵器、竹簍、服飾、珠寶、蔬菜、藥材、乾果、酸奶、牛肉、酥油、香料什麼的，儼然是個大菜市場。這天午後人聲鼎沸，清澈空氣混合了濃郁複雜的氣息。我在攤位上東挑西選，心想頭髮留這麼長，臉又晒成紅棕色，看著有點藏北牧民的味道吧，乾脆添購一套藏裝，順道把身上破外套給丟了。

「嗨，哈囉，叩你基控，看看唄。」或許徘徊得太久，有個小販開口叫喚，露出一粒閃閃發光的金門牙。見我有反應，他立即站起，張開雙手，變身成一座琳瑯滿目的展示架——雙臂是數十串五顏六色的佛珠，頸上項鍊千奇百怪，腰間一圈光彩奪目的金屬腰飾和藏刀，氈帽上滿是綠松石和牛角製的綴飾。商品滴水不漏地掛在身上，光用看的就讓人腰痠。

「日本人？中國人？」他說話時刻意搖頭晃腦，渾身發出細碎悅耳的聲響。

「臺灣來的。」

「臺灣富呀！來來來，拿著。」他取下右手的珠串，提到我眼前說：「這是正小葉紫檀，最好的木頭。看看，帶金星的。」

拿來看了看，漂亮的紫紅色；指甲輕輕一刮，稍微嗅聞，說不出什麼味道。搖搖頭還給他。其實我不懂辨別，只知道這種熱帶硬木非常昂貴，真的買不起，假的又不想要。我問他崖柏有沒有？那是一種顏色比較淺，會散發迷人奶香味的木頭。

「哎，真不好意思。」他敲一下自己腦袋，渾身如風鈴乍響。「原來是懂的人，那就老實說了，攤位上只有血檀、綠檀、雞翅木啥的。要好一點的東西，請到我店裡看看。」他壓了壓戴著的氈帽，露出分享祕密的眼神。

雖然沒打算買什麼好東西，但仍默許了。老闆領我走在前頭，樣子既辛苦又招搖，活像趕著上工的街頭藝人。來到一間小鋪子，門口兩側堆了許多獸皮與織布製的褡褳、方毯、藏服，顏色黯淡，不確定是新東西還二手貨。門梁懸著牛鈴、馬具、皮繩，以及一顆沒有眼睛的巨大牛頭。強烈的牧區風格，加上一股撲鼻的羊脂腥味，使我有種心臟被針扎到的感覺。

側身入內，空間狹長似倉庫，天花板一枚裸線懸掛的黃燈，暗到幾乎只能照亮燈泡本身。牆上有大幅唐卡畫軸，地上是佛像法器、雕刻藝品、猙獰面具、老鷹標本之類的東西，在這光線下倒是栩栩如真。老闆脫下一身商品，扭扭脖子說：「太重啦。」然後鑽到底下，一面翻找抽屜一面說：「我瑪洛老家的女人手工特別好，和工廠生產的完全不同。說出來不怕你笑，我也喜歡收藏老東西，就是收得太多，媳婦兒不樂意，才來拉薩做賠本買賣。」他爬起來，拿出些布襯盒裝的珠串，用一只同樣微弱的手電筒照給我看。「這是咱西藏的老料，和太行山或涼山的不一樣，您肯定看得出來，油線重，帶瘤疤，味道特別溫潤。這料子不多見，山裡木頭砍光了，過幾年怕是找不到了。」

我意識到自己很可能被誤認成專業收藏家了，但眼下也不好說「抱歉我只想買點便宜貨」就轉身告辭，只能乖乖拿來欣賞。珠串確實討喜，不是端正俗豔的精品，而是有著渾然天成的紋理，彷彿經過不均勻的火焰燒烤。不經意看一眼綁在上面的價錢牌，竟然要九百五十元人民幣。我立即放回去說：「很漂亮，但我看是太貴了。」

「沒事兒，不一定要買。」他斂起表情。「這樣說您別生氣，看您的樣子，上輩子肯定也是藏族人，真喜歡會盡量便宜給你。不是要賺你的錢，扣除材料，也就是那幾十塊的工錢。」他從領口拉出自己戴的珠子，表面有核桃般的細緻紋理，是一串金剛菩提。「但好東西總有一個價錢，像這個就要一萬五了。不過講數字實在俗氣，真正的價值是啥？這可是大寶法王加持過的，我從很久以前戴到現在。」

我伸手摸他脖子上的佛珠，看不出好的金剛菩提跟壞的金剛菩提有什麼區別。

「臺灣信佛的多吧？」他問。

「挺多的。」

「看您的樣子就跟內地漢人不一樣，有信仰的人之間一看就明白。」他將項鍊藏進衣領。「說實在，談生意沒啥意思，今天就想交個朋友。」

我不確定他到底有幾分真話，但可以肯定，我們不太可能做成什麼交易。「你還要擺攤吧，我不想影響你做生意。」

「沒事兒，本來也沒生意。」他從底下拿出茶磚，敲一小塊投入熱水壺，捏進少許鹽。替我斟一杯後，他逕自拾起一串崖柏，戴上老花眼睛端詳。「瞧瞧，手工的珠子，每顆都不一樣。」

這種磚茶用的是絞碎的茶梗和老葉，味道不太講究，一股鹹味也不太習慣。我啜飲著，滿不在乎地四處張望，隨口說一句：「你這也有帽子。」

「帽子，帽子，帽子。」他翻找雜物堆，嘴上唸著：「有的，有的，有的。羔皮帽、狐皮帽、金花帽、僧帽、草帽、官帽……啥都有。」最後陳列出差不多十頂，形式五花八門，甚至包含儀式用的黑帽霞那。比起商人，他有時更像個文史工作者。「哎呀咱中國啥不多，帽子最多，誰都喜歡給人扣帽子，哈哈。」

真是黑色幽默。我勉強陪笑，眼睛偷瞄價錢牌，數字都很驚人。回頭看看佛珠，想找理由脫身。

「啊，有個東西您這樣的人肯定有興趣，其他地方絕對看不到。」他收拾珠串，隨意一塞，推開布幔向我招呼。當下實在沒法推辭，便又跟著走進去。不得不說這屋子比想像中更深，我們穿過黑漆漆的走道，停在一扇上鎖木門前。他掏出鑰匙，哐噹開鎖，咿咿呀呀推門——

在牆上摸索一會兒，打開電燈，是個很普通的倉庫，貨品陳列在架子上，和剛剛那裡沒有太大區別。老闆搬走一座空貨架，蹲下來，掀開鋪底的木板，才看出下面藏了個正方形對開的金屬門。他取另一把鑰匙解鎖，拉開，出現一道通往地下的垂直階梯。

「手機。」他對我伸手。

我提高警覺。

「拿來，沒事兒。」

我交出手機，他關了機便還我。「第一次見到臺灣人，真當朋友才帶你來看。」轉身爬下幾階梯子，他露出一顆頭對我說：「沒事兒，就看看，這東西也不賣的。」如果是幾年後的自己，說不定會基於安全考量而逃跑，但當時在前進與撤退之間，我選擇了前者。

梯子大概七、八階，用細細的金屬管焊成，每步間隔都很寬。開了燈，眼前是個相對空曠的庫房，除了雜貨，還有麵粉存糧和瓶裝飲用水，瀰漫著一股涼涼的霉味。民居中藏著這麼隱密的地下室實在令人訝異。

老闆打開積塵的紙箱，問我一句：「達賴喇嘛知道唄？」

「知道。」我想他指的是牆上那幅照片，年輕的十四世達賴喇嘛，身穿金黃色西藏貴族服飾，戴一頂斗笠狀的帽子。

「達賴喇嘛常去臺灣？」

「不太清楚。」

「有的，有的。」他用腳掃一掃地板，抱出幾件塑膠套包著的藏服，平攤在地。「以前達賴喇嘛在法會上說過，藏人為了好看把野生動物做成衣服，是很俗氣很不好的事情。很多人聽了尊者勸戒，就發誓再也不穿皮草。」

「但穿皮草表示藏族人民過上了好日子。」我接他的話說：「所以領導要求大家有皮草的穿皮草，否則就是缺乏政治覺悟，受叛亂分子煽動。」我說：「書裡讀過這段。」

「啊，您都知道。」

就我所知，那是二〇〇六年的事情，起因是印度境內查獲大量孟加拉虎的盜獵與走私案例，大部分跟藏人有關。達賴喇嘛為此嚴厲譴責虛有其表的消費習俗，在藏人社群造成不可忽視的影響力。我蹲下來，微光中欣賞那些服飾，顏色有深有淺，繡著各種精巧圖騰，多數有羊皮內襯，顯見是冬春時節穿的。每件的袖口和前襟位置，各自鑲上不同種類的動物皮，至少有貂皮、狼皮、水獺皮什麼的，簡直是座哺乳類的小型博物館。

他蹲在我身邊，指著一件米色藏袍說：「薩，這是。」

「雪豹？」我看見他說的東西，心跳加速。

「您是真行家，這東西我們也叫草豹，只在四、五千米的大雪山裡才有，特別難見。牠的皮只縫在最好的衣服上頭。」

「可以摸嗎？」

「摸呀。」

碰觸瞬間，指尖電了一下。光想到這張毛皮的主人活生生走在雪山上的情景，就讓我背脊冒汗。在靠得最近、也離得最遠的這一刻，手掌貼住靈魂早已離去的獸皮，似乎仍能摸到些微油脂。如此柔順，如此溫暖，好像它才是具有生命力的活物，反過來安慰我冰涼的手。

「這是我打的。」他突然坦白：「那會兒才十歲，太不懂事。」老闆說著搬出一架非常古舊的槍，樣子很特別，槍身附帶一組可收合的兩腳架。我接手掂量，比看起來要沉重許多，很難想像十歲小孩有能力操作。這激起我的興趣，追問背後的故事。

「那種年代，哪個男人不是獵人？」我發現當一個人準備好說故事，需要的只是一雙耐心的耳朵。他說，小時候家裡窮，阿爸常獨自出門放陷阱，貼補家用之外，也弄些野味給家裡人吃。記得那天剛過中午，幾個年輕人來到家門口，肩上抬著血跡斑斑、渾身酒氣的阿爸，說發現他從山壁上跌下來，傷得很嚴重，路上灌了不少白酒緩解痛苦。那時沒錢啊，不可能到大醫院做手術，只能在家裡拖著。當年哥哥十三歲，比自己勇敢又衝動，一晚偷了家裡的槍，半夜拉他離家出走，說是要打動物賣錢給阿爸治病。咱兄弟那麼小，沒騙你，就在山裡過了一個多禮拜，還真打到一頭豹子，可來不及賣錢，就聽說阿爸過世的消息。他臨終前雖然有喇嘛引渡，兩個孩子卻不知所蹤，每次想到就懊悔自責——全是報應！

「這叫杈子槍，說是西藏自己的火繩槍，但其實是蒙古人帶來的。」他把槍管朝上，拉我的食指塞進槍口。「漢地仿的藏槍，槍管是三角形的，也沒有螺旋形的膛線。這種正蒙古式的藏槍火力大得很。」

他問我穿過藏服沒有，我說沒有，他便手把手教我穿藏服的正確方式：首先確認左右襟位置，提起下襬，維持在膝蓋高度；過長的部分在腰間打摺，綁上腰帶，胸懷做出漂亮的口袋。穿好後，他伸手點在我左襟的豹皮上，說摸摸，有個彈孔。我順他手指，發現心臟位置確實有道裂縫，若不是刻意戳進去，根本看不出來。

「挺好看。」他上下打量我。「喜歡不？」

「嗯。」我心情激動，身體微微發顫。

「喜歡就帶走唄。」他說。

「喔，不行。」我不得不坦白。「老實講我根本不是什麼收藏家，打從一開始就只想買點便宜貨。」

「沒事兒，不收錢，帶走唄。」他說完立刻反駁自己：「不行呀，拿了也帶不走，現在都是受保護動物嘛。」

老闆動手收拾滿地雜貨，包上塑膠套，逐一放回紙箱。我脫下藏服，心想這一屋子大概並不全是商品，也不可能都是收藏。關了燈，爬上地面前，我請求彼此加個微信，卻被老闆斷然拒絕。「要是『耳朵』聽到了，你有麻煩，我也有麻煩。」雖然身在暗無天日的地下室，他依然傾身向前，壓低聲音。「出去之後，就當什麼都沒見過，什麼也沒聽說。」

可那地下室的光影、氣味、溫度、聲音，直至書寫此刻仍歷歷如繪。接著幾天，我有空就跑去沖賽康市場閒晃。他的攤位沒有固定位置，一旦碰巧相遇，我們就招搖又悅耳地穿過大街，到店裡繼續談論故事缺漏的細節。我對雪豹的執著反倒引起他好奇，最後一次離別前，他問我：「豹子對你而言是什麼？」

我說不出答案，問句卻留在心底，於是才寫下小說〈豹子對你而言是什麼？〉。

離開拉薩那個早上，我穿一襲深棕色藏袍，頭戴仿獸皮藏帽，手纏崖柏木珠，在旅館前臺辦退房。等在大廳的札西一見這身行頭，吃驚地問：「你這身哪來的？」

「買的。」

「哪買的？」

「沖賽康。」

「多少錢？」

札西十多天來都是非常稱職的嚮導，唯獨離別這一刻太不體貼。送我去火車站前，他特別開車繞到一間民族服飾店，找出一模一樣的款式，不光證明我買得貴，甚至有被詐欺的感覺。「你這樣的人買藏衣，人家就想賺你的錢嘛。」他像嘲弄，又像抱不平。「原本的綠色外套呢？有幾條拉鍊跟繩子那個？」

「扔了。」我尷尬地說：「太舊了嘛。」

「這樣啊。」他很惋惜似的。「你穿那件很好看耶。」

第二章　豹子對你而言是什麼？

央金

獨自經營的茶館裡，央金百無聊賴地趴在櫃檯，耳朵貼著收音機，一個勁擺弄天線。雜訊淹沒前傳來的最後播報是：「提醒部分地區居民，午後嚴防冰雹……」待渾身發麻消退，她關掉電源，拿羊皮擦去玻璃窗上的冰霜。外頭霧茫茫的，什麼都看不見，但總以為有人站在那裡。偶爾緊張起來，她便跑到屋外大喊幾聲，確認沒有反應才安心回屋。

午後的風更嚴厲了，遠方響起沉重的低鳴，央金從昏睡中驚起，知道那是乾燥大地因風崩裂的聲響。每到這個季節，人們都面臨兩種迫切的死亡威脅：一種是為了抵抗一波波大雪，用黑毛氈將門窗縫隙塞緊，絕望地躺在火炕上，因為等待過久而在夢境中窒息，屍體呈現完美均勻的粉紅色；另一種則是離開屋子後迷失在惡劣風雪中，因為失溫和幻覺的緣故，脫得赤身裸體，被找到時通常已經凍乾很久，以致無法辨認了。

央金拿來一疊地方日報，攤在桌上翻閱。這是固定每個星期三從村長家拿來的，習慣維持多年，漢語有了長足進步，可以懂個七、八成意思，甚至能在空白處寫幾行詩一般的句子。翻過幾份，沒有關於死亡的消息，又是安穩的一天，看了日期才發現是上個月的。她將讀過的那些揉成紙球，塞進火爐燒掉。

照說不該有客人，但這天下午，厚重布幔突然被推開，進來兩位年輕的陌生人。他們髮際掛霜，雙頰凍紅，毛靴一跺便滿地碎冰。坐下後，大的那個將一個沉重的米色布袋「鏗」一聲放腳邊，脫下羊皮袍子，解開層層包纏的紅頭巾——油膩長髮垂至肩膀，寬大臉龐稜角分明，膚色如純銅，身上沒有一點贅肉。央金看著少年，想他過幾年會長成一個英俊的男人。

「吃什麼？」少年和央金對上眼，敲敲桌面問那小的：「南木卡，我問你吃什麼？」

南木卡唇色蒼白，稚嫩臉蛋青中泛紅。「吃餅子。」

「吃啥餅子，吃麵片。」少年叫道：「阿姊，兩碗麵片。」

央金提來一個鋁製大茶壺，倒了兩杯酥油茶。「還剩一些牛肉。」

「還有牛肉呢。」

「不要牛肉。」

「要，切一盤牛肉。」少年對央金說：「別理他，這小子嚇壞了。」

央金回廚房擀麵，透過出餐口，看見大的那個在白度母像前脫手套，前額輕叩牆壁，再到火爐邊烘烤手掌，小的則是一臉頹喪坐在那裡。她猜想這兩人是兄弟，大的那個已經擺脫稚氣嗓音，開始出現男人特質，大概十三、十四歲年紀。至於小的那個，差了三歲左右吧，還是個孩子。

凍僵的十指恢復靈活後，少年來到出餐口，將三毛錢放桌上。「等等再給那小子倒一杯。」說完盯著央金攪拌麵湯，又說：「阿姊，如果有人來問，別說我們來過。」他的眼珠子在微光下略帶棕色，讓央金心神不寧。她只能看著他小丘般隆起的喉結，說話時像個小動物扭來扭去。央金沉默遞上一碟牛肉和兩碗熱騰騰的麵片湯，少年說了含有幾種意思的謝謝。

隨後她到桌邊倒茶時，少年伸手蓋住杯子說：「我不要了，給他來一杯。」

「我也不要。」

「倒吧。」他說：「別理他。」

「你們是外地來的吧？沒人會在這種時候出去，會要命的。」她給小的倒完茶，給大的也倒了。

「我們是瑪洛那邊的，來這兒是有活要幹。」少年故作輕鬆地說：「只不過這小子好像以為自己是來旅遊的。」

南木卡沒回話，低頭吃東西。

「外頭有沒有下冰雹？」央金問。

「沒有，但雪非常大。」

她回櫃檯，想知道雪會下到什麼時候，但收音機轉不到一個清楚的頻道，想讀報紙也讀不進去，好像突然不識字了。她索性將東西推開，看風景一樣望著兩人吃東西。這時一個關於死亡的話題引起她注意，不像開玩笑，仔細聽來，少年布袋裡裝了一柄真正的火槍。

「那時距離只有三十米，隨時會撲上來。」大的那個說：「我看你完全沒有搞清楚狀況。」

「喔，我完全搞得清楚狀況，就是豹子連牛都殺得死，然後你覺得自己比牛更厲害。」

「懶得跟你講話。」

「再遇到的話，你不會真的開槍吧？」

「我會。」

「希望你說不會。」

「但我會的。」

「那眼睛和人的一樣。」南木卡說：「估計上輩子就是個人。」

「閉嘴。」

「殺人會下地獄，這可不是我說的，阿媽也這樣說。」

「閉嘴。」少年說：「我警告你。」

南木卡不再說話，拾起筷子迅速吃光碗裡的東西，起身走出茶館。大的那個不理會，只是朝窗外看了看。這時雪快要停了，遠方雲層透了點光。他來到央金面前，問了金額，取出一疊皺皺的紙幣，將飯錢細數幾遍放桌上。

「他去哪？」央金問。

「只是去小解，阿姊不用操心。」

「你叫什麼名字？」

「大家都叫我仁青卡。」

過一會兒，小的那個回到屋內，仁青卡立即穿起羊皮袍子，包上頭巾，只露出一雙讓央金不敢直視的眼睛。「如果獵物新鮮，牠會回去，這次別走上風處。」見南木卡呆呆望向窗外，他有些不耐。「又在看什麼？」

「我在看雪。」

「你就是老想那些東西。」仁青卡說：「漢人不是有句話說，思想是禍患？」

「我什麼都沒想，只是有點兒累。」

「那你留在這。」

「不要，我沒事。」

「我天黑之前回來，阿姊人好，會照顧你。」

仁青卡扛起槍袋往外走，南木卡急忙跟上去。

門關上了，茶館剩她一人，央金陷入巨大的兩難。前天，村委會確實傳來一則尋人啟事，說瑪洛有兩個孩子失蹤，要大家多多留意。這種消息太過平常，沒有人會真的留意，也沒有人懷抱希望。當時只覺得，大概又要等雪季過後，他們才會組織一個懶散的巡邏隊去山裡做做樣子吧。不過眼下這兩人畢竟沒有失蹤，自己要走的，硬是留住也沒用。這樣的人一旦看到不曾見過的風景，就不可能再抵抗危險的誘惑。

風雪一停，收音機的訊號就回來了，聽到天氣將要轉好，央金平復了焦慮。她轉到唱歌頻道，扭大音量，一面聆聽內地流行歌，一面捲起袖子打掃茶館。趁著沒有風雪，清理了門口積雪及窗框上的冰柱，並鏟來一籃乾牛糞，確保整夜燃料不虞匱乏。她搬走炕上雜物，掃掉氆氌毯子表面的瓜殼碎屑，鋪上一床棉被。附近沒有其他旅店，她想著少年晚上或許還會回來，擠一下，睡三個人應該沒問題。

忙完時間仍早，坐不住，又動手揉一個新的麵團。這時收音機播放的是《朗薩姑娘》廣播劇，央金聽著頗為同情，幾滴眼淚也一起揉進麵裡。做好後，本打算煮麵片，轉念決定煮一鍋大米，麵團留到早上炸餅子用。少年回來時肯定餓得不行，她想做點不一樣的。

太陽沉入山谷，還沒見到兩人蹤影，尖椒牛肉炒得太早，一直在爐子上熱著。

天色越來越暗，只剩遠方無線電塔頂那枚紅光依舊閃爍不止，她甚至猶豫是否要在屋頂上裝一盞同樣的燈？這想法讓她自責，多年養成的生活習慣不能在這天破壞掉。她提醒自己，累了，該睡了，但沒有用。

響起敲門聲時，星星都出來了。央金從炕上翻身躍起，開了門，見兩人極為疲倦的樣子，就知道一無所獲。她不多問，為兩人卸下行囊，熱了飯菜，鋪好床鋪，然後趴在櫃檯看他們狼吞虎嚥。那晚餐桌都還沒收拾乾淨，炕上就傳來令人安心的打呼聲。她以為今夜會輾轉難眠，但事實上，那是一次很久沒有過的深沉睡眠，深得連做夢的餘地都沒有。

隔日天亮前，少年已精神奕奕地整裝待發。她再次明白，青春最迷人也最殘忍之處，就是永遠有一個讓人不顧溫飽也必須迎戰的獵物。央金給他們水壺添滿甜茶，打包一袋剛炸好的餅子。仁青卡推辭，央金堅持要給。

「只要你們幫我個忙，錢可以之後再算。」她將溫熱餅子塞進少年懷中。「我男人出去好久了，要是你們在山上碰到，請告訴他還有人在等他。」

仁青卡露出他不可思議的美麗眼神。「那麼請阿姊告訴我，那男人是誰？」

「他是個詩人。」央金終於開始掉眼淚，有種突如其來的預感，這兩個孩子必死無疑。「有雙和你一模一樣的眼睛。」

拉莫札西

幾天前，禿鷲闖入寺廟，將經堂破壞成一片廢墟。那之後，僧人拉莫札西就用大鎖扣上廟門，禿鷲要想硬闖就拿鐵條擊打祂們嘴尖。實驗結果顯示，禿鷲的喙相當敏感，能輕易達到嚇阻效果。若執意跟翅膀或爪子搏鬥，反而有被劃傷的危險。

寺廟坐落於岩山夾縫間的平緩草坡，門前插了薩迦派花旗，一旁灰白色矮房是拉莫札西的宿舍。屋內布置簡樸而實用，床頭用膠帶貼了幾張雜誌剪下的風景圖片，有海岸邊的燈塔、沙漠中的金字塔和一些別的。每隔一段時日，拉莫札西就會穿上褪色的紅袈裟，戴起遮陽帽，到縣城漫遊數日。這陣子太過忙碌無法抽身，他才意識到，探索城市對於維繫生活熱情多麼重要。為了排解寂寞，他只能天天透過窗子，計算天葬臺上禿鷲數量的變化——今天已經超過四十隻了。

禿鷲是空行母的化身，亦是古老時期受蓮師調伏的神靈，雖說平時性格定靜，但沒有徹底消除內在凶性。最近天葬臺上堆放了數具屍體，用石頭壓在一塊綠色防水布底下，禿鷲們受腐肉吸引卻無力揭開，才會跑來寺廟撒野。為安撫情緒，拉莫札西試過餵食青稞，但就算穀粒撒到頭上，祂們也只是東閃西躲。他理解到，空行母沒有放棄食肉本性，只是不願意或者無法殺生罷了。然而那些剛剛死去、心識尚未離去的肉身，祂們同樣不願意吃。這引起拉莫札西新的疑惑：禿鷲如何得知靈魂離去了沒有？於是他和鄰近牧戶要來大量新鮮牛血，準備沾血和不沾血的兩種糌粑團，透過改變風向、外形、陳放時間等條件，進行了一系列實驗。綜合野外觀察所得到的結論是，空行母看不見靈魂，但厭惡靈魂的氣味。偶爾風向轉變時，山丘那兒會飄來一股木質的、油膩的味道，拉莫札西依此判斷，靈魂死後會隨時間降低濃度，屬於一種流動性的、帶有類似苦杏仁氣息的東西。

觀察禿鷲競爭、睡眠、飛行與沉思，讓拉莫札西自認對神靈世界有了些獨到見解，便以《鷹鷲空行母經》為名，將生態現象記載下來，謄寫了六份，想寄給西藏幾個著名寺院的大喇嘛。如果迴響不錯，就繼續監測寺廟周圍的十四個可疑巢位，春天生育季節一到，或許可以著手進行第二卷。他自知缺乏慧根，很難領悟甚深妙法，但謹記已故上師的教誨，從不對佛法失去信心；另一方面，他也時常想起先前和人談起佛學道理時，對方值得玩味的反應：「喔？你有證據嗎？統計數字在哪？」

構思此作時，他揣想著在佛學界博得聲望的景況，於卷首寫下：「佛法雖繼承思辨哲學的悠久傳統，但在這個時代，也可以從內在轉向外在，用科學實驗的精神，催生出更為燦爛的思想花朵。」

這天清晨，宿舍房門突然敲響，讓拉莫札西日益疲弱的精神重新振奮——狂妄肆虐佛殿的數日後，禿鷲終於明白寺廟只是形式，自己才是掌管事務之人，這意味著下一步就要尋求溝通了。此前經驗是聲音不太管用，氣味或許值得一試。記下一些想法後，他推開房門，卻發現外頭並無禿鷲，倒是有兩個年輕身影朝天葬臺走去。拉莫札西將剛剛的筆記劃掉，寫上新的：「正午，四十三隻禿鷲聚集在經幡柱附近，發現有人逼近，踩著小碎步退開。」那兩人在天葬臺徘徊片刻，其中一人走向停屍處，動手搬起石頭。拉莫札西看著他揭開綠色帆布一角，俯身窺視，而後拔腿狂奔，驚飛鳥群。無數黑影在地面飄移，空中傳來嘎嘎鳴叫。

兩個少年驚惶失措地跑下山坡。「阿卡！」年紀比較小的那個來到拉莫札西面前，掛著眼淚喊：「救命！」

大的在後頭斥責：「我叫他不要亂看了！」

「不要吵鬧，語言是用來溝通的。」拉莫札西抬手制止二人。「先進來吧。」

他收拾書本雜物，騰出位子給他們坐，自己則脫下那雙保養得宜的白色品牌運動鞋，在床上盤腿坐好。「能不能告訴我發生了什麼事？」

「你完啦！」大的那個沒有坐，站在身後搥了小的一拳。「快點懺悔。」

「對不起。」小的那個說：「我只是想知道禿鷲在幹什麼。」

「好奇心是很珍貴的東西，我不會責備你。」拉莫札西將運動鞋翻過來，拿一根牙刷清理鞋底溝紋中的泥土。「你倆還在上學？」

「放假了。」大的那個解釋：「我們是瑪洛那邊的。」

「沒事，有些東西學校老師也教不來。」拉莫札西低頭微笑。「孩子，不管什麼樣的人，離世之後，身體就是空無一物的皮囊，沒什麼好怕的。」

「那些是什麼人？」

「是一些死在山裡的無名者，有好心人送來這裡，讓我給他們唸經。」拉莫札西撢去衣上泥沙，將鞋子翻過來，換一支乾淨牙刷，沾點水擦拭正面。「肉身死掉之後，靈魂會進入中陰狀態，唸經的意思是告訴祂們，投胎時不要迷惑於下三道的微光。只要轉生人道，下一世就有修法證悟的機會。」

「可轉世之後，這輩子的事就全忘光了。」小的說。

「人活著就一直在遺忘了呀。」拉莫札西發現有塊油漬清不掉，便皺起眉頭。

「感官記憶會消失，業報會累積，所以人活著不能只看這一世，要為以後做長遠的準備。」

「阿卡說的很有道理，喂，你有沒有在聽？」小的見大的站在窗邊發愣，對他說：「阿媽說，殺生會下地獄的。」

「阿媽真有這樣說？」大的看向窗外。

「有。」他說：「你從來都不認真聽阿媽說話。」

「阿媽說的不一定都對。」

「吵鬧對學習沒有幫助，我說過了。」拉莫札西注意到自己的焦躁，便放下鞋子，試圖平靜。「殺生確實是很不好的罪孽，你們阿媽既慈悲又有智慧。」

「如果殺生是為了救人呢？」小的問。

拉莫札西穿上鞋子，起身取一卷《阿含經》，隨意翻了幾頁。「這就要看是善業多一點，還是惡業多一點。佛法不是故弄玄虛，也講究科學的。」

「佛菩薩也要降妖除魔。」大的插嘴：「你的問題對阿卡來說很無聊。」

小的不理會，又問：「我們怎麼知道一個人是善的或惡的？」

「如果惡業太多，死後禿鷲不會吃他的心臟。」

「但肉身不是空無一物的皮囊嗎？」

「有些東西解釋起來很複雜。」拉莫札西闔上經書。「反正世界有它的道理。」

「好的。」小的安靜片刻，又問：「如果殺生的人是自己阿爸怎麼辦？佛菩薩也要降妖除魔嗎？」

「你問題太多了。」大的那個說：「阿卡，這傢伙喜歡胡思亂想。」

「不要插嘴，我在向阿卡學習。」

「你的問題確實很多。」拉莫札西摸他的頭。「這是好事。」

「阿卡說學習是好事。」小的繼續問：「好人是不是一定有好報？」

「孩子，不用什麼事情都懷疑。」拉莫札西搔了搔臉頰，拿起杯子喝一口茶，又放下。「所謂諸行無常，諸漏皆苦；諸法無我，涅槃寂靜。心所捕捉到的任何現象都只是因緣流動下的剎那交會，沒有固定不變的本質，或者說，本質是純然的『空』，執著會成為苦的根源。佛法就是要教人們看透這一點，得致解脫。」

「我有點聽不懂了。」

拉莫札西也在思考自己的說法，順手拿幾部經書放在小的面前。「知識都寫在裡頭，我沒辦法全部講給你聽，但你可以自己找答案。」

「我看不懂經文。」

「學習永遠是自己的責任。」他說：「經書是世上最有智慧的人寫的，裡頭一定有你在找的答案。」

「尊敬的阿卡，再讓我問一個問題就好，這很重要，但我來不及學會唸經。」小的說：「聽人家說，城裡人有的是科學，什麼病都可以治好。那如果一個人因為殺生的報應快要死掉了，科學也可以治好嗎？」

「你這小孩腦筋很靈活，很好！」拉莫札西搓揉南木卡的腦袋，力道相當重。

「這麼說吧，不是什麼事都有道理可循，如果有人告訴你每個問題都有正確答案，那就一定是個騙子——你難道覺得我是個騙子？」拉莫札西冷汗直流，看到南木卡面無表情地搖搖頭，便抓住機會下結論：「可也不必迷惘，只要用心觀察，世界隨時都在呈示真理，譬如說……譬如說外頭那些禿鷲吧。」

當他帶兩人走出屋外時，竟發現天葬臺上一片冷清，屍體被分食殆盡，禿鷲也一哄而散了。他不知道明天儀式怎麼繼續下去，但現在無暇懊惱，兩個少年還在等他說話。

「如你所見。」拉莫札西眺望空蕩蕩的天葬臺，以一貫莊嚴的語調說：「就是這樣。」

哈沙夫

電話打來西寧時，哈沙夫正在跟朋友吃火鍋。講完電話，他匆匆到櫃檯結帳，順道買一瓶白瓷瓶裝的老郎酒藏進提袋。回到東關大街的旅店，他先訂下明早飛玉樹的機票，朝基卜拉做完最後的晚拜，然後鎖上房門，拉起窗簾。桌上擺著酒瓶、酒杯、礦泉水，他倒一點點出來啜飲，忍不住感嘆——白酒還是醬香的好！

隔日中午飛機落地，走出巴塘機場，眼前是四千公尺的荒涼草灘，連水鳥都冷冰冰的，但哈沙夫感到神清氣爽。稍早已聯繫好結古鎮的租車公司，專員將一輛牛頭 Land Cruiser 加滿了油，開到停車場待命。除了雪鍊、藥物、工具箱等備品，對方還依要求準備了禦寒大衣和兩份德克士炸雞套餐。嗅著車內嶄新的皮革味，哈沙夫滿意地開啟音響，連上手機，播放冬不拉伴奏的哈薩克民謠清單。他左拐上縣際公路，油門直催，估計此去要五、六個鐘頭。

四個鐘頭後途經雜多縣，哈沙夫和生意夥伴打了招呼，草草吃過晚餐又驅車上路。縣城以後的路常斷，斷了不見得立即能修，因此雪季下鄉，人和車子都得有異常強大的意志力才行。他想起多年前剛來收購藥草和蘑菇時，連一條像樣的路都還沒有。

日落時，順利抵達阿多鄉。哈沙夫和昨晚通電話的旅館主人見了面，對方說孩子已經等了兩天。「路況挺糟呀。」旅館主人看著門口那輛牛頭，車身滿是噴濺的泥沙。

「是嗎？沒注意。」哈沙夫脫下大衣，問道：「沒碰上其他人吧？」

「他倆足不出戶，我這兒也沒別的客人。」

哈沙夫替孩子付清房錢飯錢，把那瓶老郎酒送給旅館主人，然後抱著德克士餐點爬上二樓。來到房門外，他清清喉嚨，揣摩當地安多話的腔調，以明亮但不具壓迫性的聲音說：「仁青卡，南木卡，我來囉。」

房裡有些動靜，傳出一個少年的聲音：「誰啊？」

「我叫哈沙夫，聽說你們有張豹子皮想賣。」

門原先是鎖上的，現在打開了。小的那個坐在床邊，大的站在門口搶話：「先開個價吧。」

「先吃東西吧。」哈沙夫遞上兩袋炸雞，眼睛往房內東張西望，沒見到豹子皮。「看過東西再說。」

兩兄弟從床底拉出一捆獸皮，合力攤在地面。哈沙夫打了個冷顫，表情沒有任何變化。他用步伐暗暗測量，一米六左右，或者更大？真是好傢伙。

「聽說是你打的。」

「是。」

「皮也是你剝的。」

「是。」

「你開了幾槍？」他蹲下來檢查，看出對方是個勇敢但缺乏經驗的獵手。

「三槍，也可能四槍。」

「我看你最少開了四槍，或者五槍。」哈沙夫伸手在豹皮上指點。「有些部位明顯受損，而且臉部沒有保留完整，比較可惜。」他歪頭觀察仁青卡的反應。「最可惜的是，沒有把骨頭也留下來，有時那比皮子值錢。」

仁青卡沒有爭辯。「反正東西就是這樣，先說個價錢。」

「等等。」哈沙夫將豹皮翻過來，手背輕觸內側。「另一個問題是，這皮子雖然新鮮，但要是不趕緊送去泡製，質量會越來越差。這樣吧，我給你個建議，先送去認識的師傅那兒處理，等蟲草季做買賣的人多了，再來談價錢。」

「我不能等到春天。」

「那就麻煩了。」哈沙夫搔搔頭皮，做出很困窘的樣子。「大雪天的，上哪兒找人收皮子去？」

「我聽他們說你做買賣，還以為就是來收皮子的——」

「等會兒。」他打斷仁青卡，拿手機撥了幾通電話，用的是少年不懂的語言。數分鐘後，哈沙夫掛電話，滑一下微信。「現在不比以前了，孩子，要脫手沒那麼容易。」他說話時依然看著手機。「聯繫了幾個朋友，只有一個肯收，還說質量必須夠好。」

「如果質量夠好，能賣多少錢？」仁青卡的語氣漸漸放軟，哈沙夫覺得差不多了，再沉默幾秒鐘就好。

「這東西不差吧？」仁青卡沒有得到答案。

「不好說，我自己不做毛皮買賣。」哈沙夫擺擺手。「該怎麼說，我就是幫忙牽個線，成不成還不知道。」

「現在怎麼辦？」

「先去朋友那兒估個價，滿不滿意再說。」

「現在？」

「不著急的話，明天也行。」哈沙夫擺出精心準備的笑容。「不必擔心，我會盡量談個好價錢。」

引擎聲打破阿多鄉寧靜的冬夜。南木卡在後座，仁青卡在副駕駛座，抱著皮子，吃著早已冷掉但美味依舊的炸雞。路途中，群山漸漸失去輪廓，視野僅剩車燈照明的範圍。雨刷不停刷去玻璃表面的降雪，路旁偶有狐狸一閃而逝的眼光。

「你心底有沒有個數字，我好跟人家談。」哈沙夫問。

「跟其他人差不多就行了。」

「這怎麼行，永遠要想著賣出比別人更好的價錢。」他頓了頓。「那說說，拿到錢之後想買點什麼？」

「我要讓阿爸到城裡看病。」

「他怎麼了？」

「小毛病，不礙事。」

「真是好孩子。」哈沙夫從後視鏡瞧瞧南木卡。「弟弟你呢？」

「我想買雙雨靴，下雪天上山，腳趾頭凍得很。」南木卡問：「哈沙夫，人家說城裡賣的雨靴質料特別好，完全不過水，是不是？」

「當然不過水，塑料的嘛。」他說：「確實特別好。」

這時車內播放的是藏歌清單，演唱者是一位才華洋溢的玉樹歌手，幾年前失蹤時才不過二十多歲。聽到那首著名的〈尊嚴〉時，哈沙夫扭大音量，讓自己的聲音淹沒在音樂裡：「他媽的，我年輕時也是個浪子，有的是時間、自信和體力，除了錢以外什麼都不缺。當時願望是造一條自己的船，沿著海岸繞全世界一圈，為了這個還跑到海南島學開船哩！」他按停音樂，問兩個少年：「你倆喜不喜歡海？」

仁青卡沒答腔，南木卡說不知道海是什麼樣子。

北京時間九點多，泥雪斑駁的 Land Cruiser 停在雜多縣郊區一幢藏式平房門口。前庭堆著一些紙箱和機具，進門是一盞熾熱的白燈泡，底下一張撞球桌，兩個像是商家伙計的人正在打球。哈沙夫領著少年和他們打招呼。

「這位朋友挺面生的，外地人？」其中一個笑臉迎人。「這麼晚帶兩個小伙子來這兒有何貴幹？」

「牧區來的兩個娃娃，說是要賣豹子皮。」這句是用安多話說的。

「小伙子，會不會打臺球？」另一人問。仁青卡聽不懂那種語言，以為不是在和自己說話。

「別嚇著人家。」第一個說話的人用不流利的安多話說：「老闆在辦公室。」

來到辦公室，門是開著的，牆邊放著幾個麻布袋，有股風乾肉的氣息。被稱為老闆的人既黑且瘦，站著講電話。哈沙夫習慣性摸腰間找鑰匙，然後才想起應該敲門。這時老闆掛上電話，堆滿笑容走來。「賺大錢了沒呀，哈沙夫？」他穿著一襲褐色外套，襯衫露出一截，樣子頗為滑稽。「有啥好東西，拿來我瞧瞧。」

「東西是好東西，就怕老闆看不上眼。」哈沙夫叫兩個孩子把豹子皮攤開。

「就這玩意兒啊。」老闆對著豹子皮東摸摸西看看，瞅了瞅哈沙夫說：「我看著嘛……也就值個六百！」

哈沙夫告訴他們對方開價六百，滿意不？

「這麼多。」南木卡出聲，被哥哥狠瞪一眼。

「六百啊，」仁青卡神色為難。「能不能再談談？」

「我也覺得不只這個價。」哈沙夫笑著說：「行，我跟他談。」

兩人用孩子不懂的語言閒談一會兒後，老闆帶他們走到一旁，打開地上其中一個麻布袋，裡頭有滿滿的蟲草。哈沙夫揀幾隻看了看，點點頭。老闆笑著將另一袋直接倒出來，滾落十幾隻毛茸茸的熊掌，樣子好像人的腳掌。哈沙夫蹲著看一會兒，然後跟老闆比劃數字。

「豹子皮嘛，老闆說最多九百，你倆的意思？」

南木卡看著仁青卡，仁青卡猶豫不決。

「沒關係，那我們不要了。」哈沙夫動手捲起皮子，逕自走出屋外。他打開車門，坐上駕駛座，兩個少年卻在外頭不肯上車。「做生意最重要是果斷，再談下去，我看也沒啥意思。」哈沙夫看看小的，又看看大的，輕嘆一聲。「今天出了這個門，我看是沒這個價了。雖然成不成交沒我的事，還是替你倆惋惜。」

「明白。」仁青卡點點頭。「明白了。」

「所以呢，賣不賣？」

「賣。」

哈沙夫表現欣慰的神色，拍拍他肩膀。「是筆好買賣。」

他要兩人留在屋外，自己則扛起獸皮回辦公室，順手關上門，鬆了口氣。他將皮子攤在辦公桌上，逕自從抽屜取出一疊紙鈔，數了九張出來。彼時老闆呆站一旁，哈沙夫問他有沒有七十元？

「有的，有的。」既黑且瘦的男人掏出幾張十元紙幣。

「挺值得呀。」他的視線無法離開桌上那張獸皮，手指在上頭滑動，如同愛撫。「我們有沒有小孩兒穿的雨靴？」哈沙夫問。那人想了想，說要找找。他說快去找找，下雪天，腳趾頭凍得很。

「哎，好咧。」

「抬頭挺胸，老闆要有老闆的樣子。」哈沙夫往那人背上使勁一拍，再替他拉平衣角，整理襯衫皺褶。「賺大錢可不是光說就有的。」

出了辦公室，哈沙夫叫來仁青卡，把鈔票一張一張數在他掌心，整整九張一百和七張十元。「走運呀，老闆給了九百七十元，你倆就在縣上住一宿，天亮之後自己搭車回去吧。」

「你要抽多少？開車送我們的錢又怎麼算？」

「沒事兒，我正巧上阿多去見朋友，順道幫個忙罷了。」他說：「不是什麼事都跟錢有關。」

「感謝。」仁青卡使用最高貴的敬語。

這時老闆提來一雙紅色雨靴，哈沙夫遞給南木卡，說是老闆送的。仁青卡替弟弟拒絕。哈沙夫要他收下，不必客氣。

將兩人送到旅館後，哈沙夫回辦公室取了豹子皮，連飲兩罐紅牛，旋即駕車返程。凌晨三點多，到結古鎮還了租車，疲倦的他仍馬不停蹄，繼續搭乘安排好的包車趕回西寧。天亮時返家，他收拾好東西，吃過早飯，大門上兩道鎖，便駕駛老戰友五菱宏光再度啟程，準備一路開到北京。如此不光為了降低風險，也為了滿足某種久違的浪漫情懷。他想起年輕時的自己，可以說是個理想主義青年吧，熱中民族音樂和土搖，會讀魯西迪的《午夜之子》、參與倡議組織、隻身到哈薩克流浪。他以為自己會在三十歲生日當天舉槍自盡，但那年甚至挺過了喪母之痛。大學肄業後十多年，他一直努力當個無拘無束的生意人，期間有過數個女朋友、數個性伴侶，但每次完事，哈沙夫總會露出令女方憐愛的悵然神情，強調婚姻會殺死自己。幾年來學到最珍貴的教訓是，賺錢和談情說愛差不多，只要撒點立意良善的小謊就先成功一半。如今三十四歲，哈沙夫已經可以心如止水地投資高汙染企業，每逢天災，首先考慮的是如何發一筆災難財。當年的自己如果知道，大概會覺得還是一槍打死算了吧。想到這裡，他不禁嘴角上揚。

行駛在漫長公路上，他也問自己拿到錢之後要做什麼？聽那引擎聲，老戰友也該退休了，換輛牛頭應該不錯，接著或許踏踏實實開間小餐館，賣點清真牛肉麵什麼的。雖然和現任女友才剛交往一個月，但他突然覺得，做完這筆買賣差不多可以準備結婚了。

仁青卡

「剛剛看到一臺電話。」南木卡跟上仁青卡的腳步。

「嗯。」

「我記得村長家的號碼。」

「你為什麼知道村長家的號碼？」

「我想可能會需要，出門前就抄在紙上。」他掏出一張紙條。

「村長很忙的。」仁青卡往前走，看也不看。

「我知道，只是提一下。」

「為什麼要提一下？你根本沒必要提一下。」

「我只是想說那裡有一臺電話，幹麼那麼激動？」

「好，謝謝你。」仁青卡說：「這樣滿意了？」

「還不錯。」南木卡低頭欣賞自己的紅色雨靴，將它踩進雪裡，發出啾啾啾啾的聲音。

稍早，兩人去了趟雜多縣人民醫院，那裡冷冷清清，燈只開了寥寥數盞。他們看不懂掛牌上的字，只好胡亂敲門，以為能付錢請一名醫生回去，結果引來保安的嚴厲斥責。得知規矩後走出醫院，仁青卡在門口和一名康復出院的婦人搭話，那是他第一次見到五顏六色的藥丸、輸液袋和數千元的醫療收據。詢問動手術要多少錢，對方說不知道，胃出血沒動手術，上周在家突然暈倒，進醫院躺了好幾天。對方問他要動什麼手術？仁青卡便描述阿爸右手受傷、感染、惡化的過程。對方聽了只是雙掌合十，說菩薩保佑。

他愣了一下，心頭有個結突然鬆開了。告辭後，他帶弟弟離開舊城區，步行到山丘上的斯日寺。那是一座噶舉派寺院，周圍滿是軍隊般整齊的人造林。他們入寺參加早上的法會，點一盞燈，奉獻金錢。然而那筆數目驚動了僧人，法會結束後，斯日寺大喇嘛特別與兩位少年會面，明白了緣由，替他們阿爸做了一次消災祈福的簡要儀式。

離開寺院，仁青卡感覺輕鬆無比，幾乎想慶祝一番。猶記得溜出家門那晚，他從阿媽裝錢的鐵罐裡取走兩百元，留下一張書面用語寫成的借據，拼字有誤但手跡工整，聲明此去獵豹，回來定會歸還三百元。現在雖然背棄了承諾，但這結果或許更好。他忽然想起阿媽這時間應該在準備午飯，阿爸大概可以下床走動了吧。他對此深具信心，根本沒必要求證。

從公路另一頭下來，是雜多縣人民政府所在的新城區，建築物方方正正像白色積木，幾支大煙囪顯示供暖設備正努力運轉。兩人在街頭漫步，商店比舊城區少，沒見到什麼居民。

「這還是第一次進城。」南木卡說。

「以前阿爸開車來買東西，你也跟著。」

「那樣不算。」

「好，去看看城裡人長得什麼樣子。」仁青卡帶弟弟走進一個沒有警衛門禁的小區，不知是尚未完工，或者已然廢棄，總之不像有人居住，外牆滿是噴漆和廣告單。從一樓窗子望進去，大都積滿灰塵，散落著塑膠板和木材。拐進小巷，仁青卡見到兩塊靠牆擺放的玻璃，或許是待安裝的建築材料。四望無人，他撿起一塊紅磚說：「你說這玻璃值多少錢？這麼大、這麼透明、這麼漂亮的一塊玻璃。」不等南木卡出聲，仁青卡喊道：「不不不，美麗的東西是沒有價格的。」說著突然扔出磚頭，哐啷擊碎一塊玻璃。剎那間，一陣麻癢爬遍全身。

「幹什麼？」

「不幹什麼，很過癮。」仁青卡又砸破另一塊玻璃，碎片噴濺，光彩斑斕。

「反正現在一毛錢也沒得賠了。」

南木卡愣了片刻，撿起一根斷裂的椅腳，動手打穿一扇窗戶，大喊：「就這破玩意兒，我看不值幾個錢！」說完將木棍一扔。

「說得對，破玩意兒！」仁青卡再度撿起木棍。

無人小區裡，一樓二樓的窗戶接連被砸破，發出如同春天融雪時，碎冰從河川上游沖滾而下的悅耳聲響。直到某戶警報器響起，兩個少年才拔腿狂奔，沿途高聲喧笑，身後留下一片美麗的廢墟。跑出小鎮，兩人慢下腳步，拚命喘著氣，樣子非常愉快。仁青卡這才發現，弟弟已經換回以前那雙舊鞋。

「你的雨靴呢？」

「留在寺廟啦，膠皮會磨腳趾，疼得很。」他反問：「你的槍呢？」

「也留在寺廟啦。」

「這樣就真的什麼都沒有了。」

「我們本來就什麼都沒有。」

出了城，四下便是荒涼曠野。路上出現一塊往阿多鄉方向的指示牌，並未標示距離，他們只知道瑪洛還在更遠的地方。這時間沒有客車下鄉，就算有也沒錢買票。兩人坐在路邊，喝掉水壺中最後幾口涼掉的茶。

「你記不記得，以前我們在查旦那邊有自己的草場。」仁青卡說。

「記得。」

「啊，那時山裡有很多老柏樹呀。」

「好像有。」

「那時河流很清澈，春天一到就有成千上萬的小鳥從南方飛來，晚上密密麻麻地站在老柏樹枝條上睡覺，半夜提個籠子去，一抓就是一大把。不過森林好，熊也多，冬天常闖進人家房子。記不記得有天夜裡，阿爸聽到熊的聲音，叫我們跟阿媽躲進茅房，自己拿火槍出去打熊。」

「後來呢？」

「後來一個鐘頭都沒聽到槍聲，阿爸說火槍壞掉了，只能眼睜睜看著熊推倒牆壁，把倉庫裡的乾肉跟酥油吃光。」

「啊，壞掉了呀。」

「根本沒壞，我隔天就偷來打了一槍。」

「哈，你這傢伙。」南木卡搥他一拳。

「更早以前阿爸還雕過一匹木馬，想讓你早點習慣騎馬。你喜歡得很，沒事老騎上去，結果有天摔下來，胸口腫了一大塊。阿爸很自責，就把木馬燒了，你記不記得？」

「這就不記得。」

「你小子，什麼都忘了。」仁青卡感到冷，雙手抱著膝蓋。「之後有空的話，想回去看看。」

「不知道那裡現在是什麼樣子。」

「那裡現在什麼都沒有了。」

這時遠處浮現一盞黃色車燈，從霧中漸漸放大。

「看能不能搭個順風車。」南木卡起身，站到路上揮動雙手。

「可能是來抓我們的。」聽哥哥這麼說，他便躲回路邊。車子呼嘯而過後，仁青卡才說：「但也可能送我們回家。」

很久很久都沒有第二輛車。

「這幾天晚上老睡不好，常常做夢。」南木卡躺下去，閉起眼睛。

「記不記得做什麼夢？」

「稍微記得。」

「說來聽聽。」

「啊……」他坐起來。「好像是做過很多次的夢，剛睡醒記得很清楚，現在竟然想不起來了。」

「喔，這很正常。」

「下一波大雪就要來了。」南木卡指向對面山頭籠罩的暗色雪霧。「我們還要在這裡等多久？」

「別著急，路就這麼一條。」仁青卡望向空蕩蕩的、開始細雪紛飛的公路。

「總有一臺車會帶我們回家。」

第三章　複調與遮迴

烏托邦

一張沒有烏托邦的世界地圖根本不值一顧，因為它遺漏了人性必然登臨的國度。

——奥斯卡・王爾德〈社會主義下人的靈魂〉

五百年前，湯瑪斯・摩爾（Thomas More）描繪了一幅國家的完美圖景，命名為烏托邦（Utopia），那裡居民過著修院式的自律生活，社會制度十全十美。該小說在英國出版時，歐洲人才剛確認美洲大陸的存在，麥哲倫的環球之旅將要啟航。港口邊，凱旋的艦隊帶回一箱又一箱異國奇珍，船員上岸訴說動人心弦的冒險故事。唯有那樣的年代，摩爾才得以借用見聞廣博的老海員拉斐爾之口，說明理想社會確有實踐的可能，並在人們心底埋下叛逃現實的種子。

考究古籍，西藏也有名為香巴拉的烏托邦傳統，那是隱匿在藏北群山間的淨土王國，雖有偉大科技和驚人財富，但居民只專注追求心的昇華。一九三三年，詹姆斯·希爾頓或許就是以此為原型，在《消失的地平線》一書中創造了深植人心的香格里拉。小說隨後改編為電影，聲名大噪，各地競相宣稱自己就是書中描述的國度。最後雲南省中甸縣奪標，官方易名為香格里拉縣，成為備受歡迎的旅遊勝地。而在別的地方，以此為名的度假村和汽車旅館仍隨處可見。

地理大發現以來，人類社會的多元樣貌滾滾湧入西方視野，同時現代性席捲全球。當我們攤開地圖，想用手指在什麼地方點出烏托邦的所在，樣子越來越顯得滑稽。探險時代逼近末尾，地球上只剩新幾內亞幽深廣闊的高原雨林還把守最後的堡壘。一九五〇年代，傑出的人類學家們前往進行一系列田野調查，將最陌生、最特殊、最後的社會也揭開面紗。那除了是民族誌學的一次高峰，也標示無人涉足之地徹底終結。此後烏托邦再也無處可棲，只能退縮到個體層次，成為心的原野。

烏托邦追求永恆完美，因而必然靜態，近乎涅槃。這個根據希臘文創造的名詞，除了暗指理想之地（eutopia），亦隱含不存在之地（outopia）的雙關意涵。

十二月初離開拉薩後，我蟄居西寧，一面查文獻，一面寫小說。期間去過一趟成都，本來想走川藏線到色達參訪喇榮寺五明佛學院，那是現存最大的藏傳佛學院。結果到翁達時，公安機關拒絕我繼續前進，據說那裡剛為了「消防原因」進行拆除改造，不允許外國人造訪。

一去一回，過了半個多月，我回到西寧，開始規劃瑪洛的行程。瑪洛在網路上沒什麼資料，只知位於青海與西藏邊界，距離任何城市都遠。最理想的交通方式當然是自駕，但不說申請中國駕照多麻煩，臺灣人光取得車輛都是大問題。我打電話給認識的西藏大學老師求援，她回傳一串朋友名單讓我逐一聯繫。如此擴散消息，兩週後，一位大哥輾轉來訊，說蘇魯老家有車閒置，能開但常拋錨。我沒擔憂太多，立即承租。

西寧是青藏鐵路起點，海拔兩千兩百七十五公尺，準備進藏的人大多在此逗留，初嘗稀薄寒冷的空氣滋味。寓居馬步芳公館旁的青旅期間，我見過不少背包客，也和同寢大學剛畢業的北京女孩上過一次酒吧。那晚我從冰箱拿回一瓶鵝島IPA和兩個杯子，見她桌上已有威士忌加冰，就猜到彼此緣分短淺。她說她不喝啤的，太水。喔，我說，我剛從拉薩回來。她應了嗯，舉杯對光搖晃。我問她上哪兒去，她說準備去墨脫。我知道那是邊境中的邊境，因為安妮寶貝的暢銷小說《蓮花》而有了點名氣。我很羨慕，問她為什麼是墨脫？

「因為夠遠。」她說話時從不看我，手指摩娑香菸。

西藏永遠不乏這類旅行者，他們拒絕談論久遠理想，樣子不太快樂，對某些細節的執著不容妥協。我越加明白，這種出走的渴望和浪漫主義探險家不同，和進城闖蕩的鄉村少年也不同，它缺乏對現實的好奇，而且不帶希望。柴春芽的自傳體小說《西藏流浪記》寫的那句相當傳神：「我就是想當一個流浪漢，願望非常簡單，我就是厭倦了都市生活。」那傢伙擁有迷藥般的號召力，才華令我折服。年復一年重讀，傷感都會增加一點點。

在都市生活的光明面，人們傳誦所謂的進步價值——事物推陳出新，當下即刻成為廢品，背後隱含科技解決一切煩惱、世界終將完善的願景。但那神話正快速崩解，轉向月球暗面，我們驚覺廢棄物已大軍壓境，前景日益灰黯。幾年前，諾蘭的著名科幻電影《星際效應》所刻劃的未來，已是一片絕望的沙塵暴，自然遺族被豢養在溫室中苟延殘喘。書寫的此時此刻，我突然對吳明益《複眼人》中的每個小說角色有了嶄新理解——準備自殺的阿莉絲、隨垃圾島漂流的阿特烈、讓阿莉絲決定活下去的貓咪 Ohiyo，都帶有某些現代困境的典型特徵。姑且讓我抄錄書中一句：

> 我們曾經以為已然棄絕的記憶與物事，終將在海的某處默默聚集成島，
> 重新隨著堅定的浪，擱淺在憂傷的海灘上。

當這些年輕旅行者走下疾駛的現代列車，站在寂寥月臺摸索悲傷的形狀時，驚覺唯一珍貴的青春時光也行將陪葬，於是慌忙趕赴西藏，尋求心底缺漏之物。他們走出陌生高原的火車站，意識即刻遁入集體記憶的儲藏室。在那個易於管理、操控的抽象烏托邦，感覺自己正取回命運的主導權。他們在異鄉徘徊，抓到機會就問：「香巴拉在哪裡？」隨後沾沾自喜地將再平凡不過的經驗賦予禪機詮釋，藉此提取一點點浪漫想像。待儲蓄耗盡，再回到城市，重新灌溉想像力的小小花園。如此循環往復，久而久之，連西藏自身也蕩然無存。

在我看來，那些行前宣言通常比歸來的故事動聽，但兩者都是幻想與謊言的編織物，始於對生活的反叛，止於對現實妥協回歸。試想一個這類旅行者的分享會，聽眾並非心動於異域風光，而是著迷於反抗者姿態的典範。它所能達到的最大效

果，就是讓職場上唯命是從的上班族受到感召，心血翻騰，隔天遞出辭呈，因為失去一切而心滿意足。

寫完一篇小說和一篇旅行見聞，寄給編輯後，我便離開西寧，到蘇魯鄉與新旅伴五菱榮光見面——加長車身、米黃烤漆、鈑金受損、胎紋淺得令人緊張。我接手時並無嫌棄，只是深感愛憐。在鄉上試駕幾回，排檔桿底下有「叩叩叩」的雜音，可能是變速器有毛病，暫時還不影響。到小賣部買油，五個二十升綠色鐵桶裝滿九十三號汽油，擺在後車廂，活像個自殺炸彈客。賣油的人問我跑哪兒用得著這麼多汽油？我說瑪洛。他問瑪洛在什麼地方？我說我也不知道。

駛出蘇魯鄉，回雜多住一宿，採買物資，熟悉雪地駕駛的手感。隔天清早在餐館吃了碗炒麵片，外帶三十顆小包子，就帶著破釜沉舟的決心一路西行。

今早預報指出，未來一週的氣溫在攝氏五度到零下二十度之間，多雲時晴。但這僅能參考，你永遠無法確知自己會在何時何地遭遇風雪，所以我為更嚴峻的處境做了設想。在寂寞的鄉際公路上行駛，前段狀況還行，岔路口常有商店或餐館，只要吃個熱飯問個路，便覺身心踏實。我最後駐足之地是阿多鄉，那之後地形起伏大，房屋少，一些坍方處沒有修繕妥當，偶爾會有小石頭打在車頂。就算遇到牧民，語言不通，也問不出關於瑪洛的線索。曾猶豫過是否回頭，但總想著先爬過眼前的埡口看看，再爬過下一個埡口看看……反正準備了兩星期份量的水和食物，以及一千公里的汽油，如此便未曾折返，心底對於投身孤絕似乎懷有親切感。

因為後車廂負載過重，加上路面降雪積壓成冰，當坡度稍大，爬升就相當吃力。我停車，脫手套，嘗試為輪胎加裝雪鍊；徒手太勉強，便出動千斤頂。終於裝上時，指頭已印滿血痕，小臂痠疼顫抖。更折磨的是，每次千辛萬苦弄好，到了坡頂就得拆，下一個上坡又得重裝。如此幾回，不光時間耽誤，身心也疲倦異常。最後在一個長不過兩百公尺，但不裝雪鍊就注定打滑的上坡前，我索性熄火，小憩片刻。

吃完十顆涼掉的、幾乎沒有肉餡的包子，掛上雪鍊重新啟程。這次懶得拆，過了坡頂仍繼續開，幾分鐘後竟聞到焦味。怕是引擎過熱，我趕忙下車拔雪鍊，降溫一陣子重新出發，勉強再跑一段，車頭卻開始冒煙。停車掀引擎蓋，熱氣撲面；拿瓶礦泉水澆上去，剎那霧氣翻滾，蒸騰如湧泉。完蛋了，我雙手一攤，望向前方後方，道路兩頭延伸至白雪深淵，完全沒有人能幫忙。

氣溫一度一度下降，沒時間頹喪，心想問題最可能出在水箱，檢查後，果然水位見底。倒入礦泉水測試，底部滴滴答答很快漏光；再倒一些，循水流檢查，判斷應是軟管老舊脆化，以致接合處出現裂縫。幸好車上有工具箱，用鉗子卸下軟管，剪掉末端五公分重新接回，再拿束帶和電火布纏緊。如此狀況雖有減緩，但不算完全解決，眼下只能用礦泉水補滿應急。這番包紮已消耗大量飲用水，我心底對旅伴說，為了自己的尊嚴再跑一會兒吧，到有人的地方就好。

從這裡開始，我每隔幾分鐘就停車加水，一加滿便衝上駕駛座催油門。直到跑光整箱礦泉水，地景仍舊沒變，雪山還是那麼遠，感覺只朝曠野深入了一根指頭的距離。彼時烏雲團聚，大雪驟降，視線不到四十公尺，路跡也被積雪覆蓋。我開啟大燈，決定改變策略，找個安全處停車待援，並趁著有光，進行露宿野地的準備。

駛出公路，停在一座山丘背風面，在駕駛座吃掉最後幾顆冰冷冷的包子。待雪勢稍緩，首先想到的是生火。我清空背包，到附近收集可燃的枯枝落葉，雖然遍地灌叢看起來都一樣，但腳下一踩，你就知道爽快折斷的那些堪為柴火。低頭撿拾許久，肩頸痠疼不堪，抬頭時發現山丘上有隻藏狐，與我對視近一分鐘。

視野所及沒有民居，且足跡很快會被雪抹滅，因此不敢跑遠。天黑時，我扛了一整包樹枝、枯草、碎糞塊回來，雖然過於潮濕，但憑汽油強行點燃還是順利煮出一鍋滾水。吃完泡麵，我蹲在火旁取暖，想到附近有犬科動物的新鮮腳印，應是灰狼或藏獒，腦中不禁浮現與之搏鬥的情景。後來胡思亂想，竟想到熊，想到殞命堪察加半島的生態攝影師星野道夫，會不會在面臨棕熊襲擊的那一刻，對自己選擇的道路產生一絲懊悔？

突然打了寒顫。我將餘燼打散，挖雪掩埋。

手機沒有訊號，但仍習慣性確認時間，最後看到的是九點十二分，之後便關掉電源。我告訴自己保持信心，附近既見到啤酒瓶子，就證明有人活動。我在駕駛座打開西寧買的昂貴羽絨睡袋，脫去外套，迅速包裹成一隻彎曲的、顫抖的蛹。等待升溫時，我注意到擋風玻璃被冰雪掩蓋大半，啟動雨刷也刮不太掉，此外車門無法關實，細細冰雪開始在座椅側邊堆積。我突然湧起一股情緒，朝曠野猛按喇叭。

不久還是冷靜下來。

夜深，又冰又黑，風帶著脅迫性的哀鳴，推著車體輕輕搖晃。我將尿液半滿的寶特瓶從睡袋裡拿出來，扔在腳邊，並想起前天開始就沒有排便。這時雖無比疲倦，卻無法入眠，且雙眼酸澀，有輕微酒醉感。我打開小燈寫日記，寫完拿出《馴羊記》專注閱讀，以免恐慌引起致命的高山症。我讀得很慢，很仔細，嘴上咀嚼每句日文的聲調，彷彿與文字愛戀。翻完半本，我挑選幾個短章節在筆記本上逐句翻譯，盡可能不讓自己睡著。

馴羊記V

「哎！這歌兒是糖衣砲彈，浸透了資本主義的毒素呀。」少年轉動著收音機旋鈕，嘴上唸叨：「太可怕了，太可怕了。」

少年名為才旺瑙乳，是拉薩中學的學生，父親早年跟仁波切有些交情。前陣子來探望老人家時，他意外迷上我的收音機。那是年前託人從上海買的紅燈牌機子——淺褐色木頭外殼，掛一枚鋁製毛主席像章。因為拉薩設有干擾臺，只有這種帶微調的短波收音機能收聽國際消息。見小伙子有興趣，我帶他進臥房，拿筆在幾個波段處畫上一道，說小心，調到這會收到敵臺。他罵了聲粗口。我出去一下再進來時，他已經抱著收音機聽得瑟瑟發抖，渾身出汗。

「這叫什麼？」

「這叫貝多芬。」

「這個呢？」

「披頭四，英國人呢。」

「這個？」

「臺灣歌……名字嘛不曉得。」

後來，才旺瑙乳每週都會專程來送兩、三次報紙，藉故聽上半天廣播。這天他也是一早就來了，準時收聽八點到九點的美國節目。小伙子抱著收音機跪在床邊，屁股翹得老高，右臂有枚自製紅袖章，靠牆放一支紅纓槍，頂掛綠軍帽。

「朋友們好，這裡是美國之音，在臺北發音……」

節目開始後，他整個人窩進棉被，音量轉得極小，我只能聽見嚓嚓嚓嚓的雜音。像這樣私下偷聽境外電臺的人不在少數，但若被舉報，判個十年八年都有可能。想起二戰期間，日本也有稱為零點時刻的午夜廣播節目，負責主持的是一些能說純正英語的日本女播音員。她們播放吸引前線軍人的美國音樂，不時插入讓離鄉背井之人內心摧折瓦解的消息，有時是嘲諷戰爭，有時是訛傳戰敗。那聲音曼妙溫暖，卻比任何砲火更加動搖人心，據說還被稱為「東京玫瑰」。這雖然是日本攻心的戰略，卻成為大兵們魂牽夢縈的甜蜜記憶。

當然，引導才旺瑙乳聽廣播，一方面是讓他拓展眼界，一方面也是在保護我自己。這時我讀著早晨的《西藏日報》，感到胸口微微振動，到屋外查看，果然又是宣傳隊在敲鑼打鼓，高呼造反宣言。當隊伍前鋒從巷口揮舞著大旗轉進來時，我回房輕踢才旺瑙乳的腳說：「來了。」他掀開棉被，轉回中波頻道，播放樣板戲和沒完沒了的語錄歌。不久，遊行隊伍浩浩蕩蕩打外頭經過，窗框吱嘎作響。有個女青年停在窗外，彎腰凝視玻璃，整理一下頭髮又走了。

「他們都是讓父母驕傲的孩子對吧。」我逕自讀報：「一隻隻都像威風的公雞。」

「是啊，令人羡慕。」他躺在床上，眼睛直盯著窗戶。

隊伍遠去後，他在短波頻道尋了半天，歌曲都播完了，只剩一些不感興趣的國際新聞。他轉回中波，關上收音機，見我讀報，問報紙上講什麼。

「報紙上什麼也沒講。」

他戴起帽子，取了紅纓槍，說要跟上隊伍瞧瞧。我喊住他問：「你父親最近可好？」我與他父親有過幾面之緣，那人思想靈活，嗅覺敏銳，解放前是個虔誠信徒，解放後大澈大悟地改變作風，順利躲過政治屠殺，進機修廠安安分分當個工人。不過聽說一回到家中，就變得固執又難相處。

「昨天讓那老頭搧了一巴掌，這幾天不回家了。」

「他不是個反革命吧？」

「不是，但支持大聯指。」

「才旺瑙乳，你是黨員嗎？」

他泰然一笑，以哲人口吻回應：「人的出身是不能選擇的，叔叔，黑五類的孩子作為再積極，政治生命打娘胎起就斷了氣。」小伙子關門道別前，留話晚上會再來拜訪，監聽資本主義射向社會主義的糖衣砲彈。我點頭，說會為他留一盞燈。此時屋內昏暗，窗戶成了單向鏡，我見他站在窗外打理一會兒儀容，演練自信的笑容；接著拉平袖章，舉起紅纓槍，哼著〈東方紅〉朝街上隊伍去了。那身影煥發驚人的神采。

與年輕人相處最激勵精神，讓我感覺自己也得做點什麼。這天我掃遍屋子，挪移家具，拆掉一組多餘的木頭櫃。清出來的許多宗教器物，堆在地上分成三類：泥塑的、銅鑄的、金銀的。首先挑出那些泥塑佛像，用竹籃扛到屋外，在太陽底下使勁砸碎，傾倒在街邊。這招來一些路人佇足圍觀。

至於銅製的法器燈盞，儘管有些歷史悠久，也只能送去市中心百貨公司的廢品收購站，將來融化了做農具。到了那裡，見許多人排隊，其中除了私人財產，還有寺院抄出的珍貴文物。東西賣掉後，我又跑了趟銀行，變賣那些從日本帶來的金銀物品。輪到我時，攤開小布包讓銀行的人逐件秤量，最後只賣得二十六元錢。雖然價格低廉，但總好過將來被抄家不說，還多扣一頂資產階級的帽子。

拿了錢，我沒有直接回家，而是先找朋友喝茶，買幾匹粗布，再到大昭寺周圍漫步。街上到處貼滿大字報，五顏六色在風中顫動。路邊有些寺中扔出來的經書，能追溯到四、五百年前的明朝，碎佛像則大多形容難辨。遍地殘骸，遍地珍寶啊，但四舊的東西拿了就是反革命，有時忍不住撿來端詳，總得使勁砸得更碎。

回到家中，我趁天暖給仁波切燒水擦澡。他這幾年老得快，原本高大的身形日漸萎縮，此時已與孩童無異；且肌膚乾癟生斑，好像一副骨頭蒙上一層半透明的裸皮。為防乾裂，我會定期為他塗抹一層薄薄的酥油。老人家鎮日佝僂盤坐，幾乎不下床，也不睜眼，為他寫的備忘錄一張一張都撕掉了。想當初他的故事說到我倆認識那天便結束了，此後緘默不語，偶發譫妄症狀。他甚至不能確定自己是否飢餓、口渴、疼痛、寒冷，我只能定時將糌粑揉成指甲大小，塞進他嘴裡，倒點水再按摩喉嚨，彷彿灌溉植物。

五九年騷亂後，寺院僧人大多去了工廠勞動，有名望的喇嘛不是被招攬就是被肅清。為保護仁波切，我早已斷絕引人注目的宗教活動，不點燈，不誦經。當然在我看來，這些不過是學習佛法最枝微末節的部分罷了。幾個月前，我丟棄仁波切鬆垮的僧袍，親手縫製一套流行的軍便服。為表示艱困樸實與革命決心，還刻意做得坑坑巴巴，將《毛語錄》塞進胸前口袋。當時按的是八歲小孩尺寸，最近看來又有些寬鬆了。

來西藏這麼多年，每逢冬季便手腳生瘡，常讓我痛得難以入睡，因此夏日最好的享受，莫過於趁著晴朗，搬張椅子到屋外閒坐。這天傍晚，我在門口的碎佛像與經卷間清出一塊空地，鋪張草蓆，把仁波切擺在一塊絨布上，兩人晒著豔紅的夕陽。

入夜後，高音喇叭響徹全城，遊行隊伍永不疲倦地提醒著文革精神。我惦記著沒有來的才旺瑙乳，無法成眠，於是把過去藏下的經書拿到門口，一本一本地燒。燒著前一本時，就用那火光草草閱覽下一本。如此燒完幾箱，已過去大半夜，中間還引來居委會關心，以為失火。

「沒事，燒經書呢。」

清晨時下了場小雪，盛在掌心一看，竟是黑的。

反烏托邦

一陣強光閃動，迷迷糊糊睜眼，赫見一名男人臉貼車窗，身穿褐色解放軍大衣。

那人收起手電筒，指節敲敲車門。我放下窗戶，急於解釋為什麼睡在這裡，卻發現溝通不良。此時天剛亮，極冷，從一旁摩托車和羊群看來，他應是清早放羊的牧民。我脫去蓄熱已久的睡袋，穿起冰塊般的袍子，下車掀引擎蓋，努力說明車子為何故障。對方聽了說明白明白，要我跟他走。我問車子怎麼辦？「沒事。」他笑著搖搖頭，拍拍摩托車後座。「走，沒事。」

整理好背包，上了車，半小時後來到一處牧場。這裡地形平坦，山丘環繞，五、六間矮房零星散布，有的住人，有的像馬房或倉庫。兩頭藏獒上前猛吠，他拿鐵棒擊退，帶我進入住所。裡頭空間狹小，單人床鋪、木櫃、鐵爐、低亮度的白燈泡，此外沒什麼家具。他開櫥櫃，從塑膠盆裡撈一碗酸奶給我，再將一桶砂糖、一塊風乾五花肉（全是凝結的白色脂肪）和一把刀子擺桌上。接著又打開一個綠色工具箱，內有電視螢幕。他轉到漢語卡通頻道，滿面笑容看著我說：「慢慢吃，慢慢看，我去盪羊。」

青年出門去了，留我一個。

突然被帶到這個地方，本來有些坐立難安，慢慢覺得也沒什麼好坐立難安，至少是個棲身之所。卡通實在無聊，我遂四處亂看。拉開櫥櫃，見上層有個小神龕，並排著二吋大小的毛澤東和達賴喇嘛照片，一臺卡帶式錄音機正播放佛經；下層是餐具、廚具、調味料、馬鈴薯和一顆又乾又黃的大白菜。關上櫃門，門上貼著小小的藏文農民曆，牆邊依序有水果月曆、某ＮＢＡ球星海報和一幅中國全圖。窗邊掛了串獎牌，仔細看是賽馬會上贏來的。

床頭堆疊著書和文件，我從中發現一張畢業合照——廣場上站著四排身穿綠色制服的青年，四、五十人嚴肅挺拔，理著平頭短髮，後方一幅紅布條寫「二〇一七年度士官選取暨退伍命令宣布大會」，我認不出青年是其中哪一個。翻到背面有行手寫字：「我為曾經是一名軍人而感到自豪。」字跡很僵硬，署名是才合道。

這時我突然想起一件事，動手翻了翻，在紙頁中找到一份關於牧業保險的漢文申請表——果然如我所料，上頭寫這個牧場屬於瑪洛鄉哇宗村。望向窗外漫天雪霧，原來一直掛念的目的地是這裡。

我出門小解，進屋前，注意到外牆釘著一面寫了「黨員家庭」的紅色鐵牌。伸手抹去昨夜積雪，發覺底下擦得很亮。

時間過得好慢，我百無聊賴地看著新聞頻道，得知玉樹連日降雪，部分地區災情嚴重。幾則新聞過後，再度出現與香港抗爭有關的報導，實在太難受，便關了電視。我躺在床上，不斷想起十多年前那個官方定調為暴亂、支持者稱之為起義的拉薩事件。

回到二〇〇八年三月十日，中國正為了北京奧運戰戰兢兢的時刻，拉薩數百名僧眾打著宗教自由的口號進城集會，挑動中共最敏感的神經。三月十日對藏人深具意義，或許有些老人家仍記得四十九年前，數萬民眾如何包圍羅布林卡，阻止尊者前往軍區司令部觀看文藝演出。數日後槍砲如大雨清洗拉薩，十多萬人隨尊者逃往印度，西藏命運自此展向兩頭。留下的人經歷文化大革命、改革開放、中國崛起至今，達賴喇嘛的照片仍舊安放在客廳或者臥房一角。

後來官方將三月定為敏感月，年復一年壓抑暗處湧動的火苗。二〇〇八年示威爆發時，群情激昂，焰火難息，縱使武警大行鎮壓，運動仍蔓延全藏，在青海、四川、甘肅、雲南遍地開花。數月後漸漸平息，死傷者難以計數，此後藏人就被冠上滋事分子的名號，在內地城市遭人唾罵，找個棲身之所都飽受刁難。官方為強化維穩力道，把大量藏區公務員抓去當警察，讓同鄉彼此制衡；縣上亦組織工作組，委派一些人到地方寺院接管行政工作，定期思想彙報。若想過好自己的生活，當上頭指示下來，就算是平時尊敬的僧人也得抓起來，否則就是政治覺悟低，後果嚴重。

以前認識一個參加過藏區平叛的雲南人，他說他們行動前會做思想工作，讓戰士們集合在小房間，反覆觀看揭發達賴喇嘛惡劣行徑的宣傳片。就像《毛語錄》中經典的那句：「世界上沒有無緣無故的愛，也沒有無緣無故的恨。」這絕不是廢話，只要有緣有故，傷害陌生人都能讓你心曠神怡。

回顧當年官媒的報導：「這次事件是達賴集團有組織、有預謀、精心策畫的暴亂。」說詞和現今香港並無二致——暴民打砸搶燒、港警英勇負傷、美國陰謀策反等消息，前些日子同樣占據中國各大網站的熱搜頭條。一套劇本反覆上演，駕輕就熟。他們不光對外宣傳，更重要的是對內維穩，當國家權力受到競爭與質疑，消弭烏托邦的非分之想就成為第一要務，其餘責任盡皆次之。

西藏究竟是個什麼地方，經歷過什麼，又往哪裡去？站在流亡政權的立場，過去美好樸實的神聖國度崩壞殆盡，漢人帶來傷害、箝制、痛苦、絕望；北京則強調共產黨解放舊西藏的封建農奴體制，為人民帶來現代、理性、尊嚴與財富，並年年宣稱拉薩是全中國最幸福的城市。這兩套截然不同的說法，一個是重返記憶，一個是顛覆過去。在政治擂臺上，他們編織自己的故事，競爭定義地方的權力。

漫步在巨獸環伺的資訊叢林，還原真相越來越像一句妄語，就算仍有歧異之聲從嚴密網篩滲漏出來，在中國語境下永遠都是極少數。這一小撮暴徒本質極惡，忘恩負義，沒有教化可能，亦沒有同理的必要。他們只是制度運作過程中飄入的小灰塵，絕非制度本身的問題，而是問題自己的問題。你是一小撮人，我也是一小撮人，就算這一小撮有數百萬乃至上千萬，他也可以用十幾億的力量迫使你孤獨。

那是一種絕望的孤獨，彷彿用海洋去淹沒一場雨。

剛過中午，才合道提了一塊生牛肉回來，進屋就喊吃飯。他脫下迷彩大衣與帽子——小鬍子，胖臉頰，硬短髮，目測與我年齡相仿。他從櫥櫃中翻出一塊又黑又硬的饅頭，驚訝地嗅了嗅說：「這啥時候的饅頭……餵狗吃！」接著搬出木板和麵粉，在炕上揉起麵團。爐上水滾之後，他將牛肉切丁，加鹽巴煮成一鍋麵疙瘩。那湯頭簡單，油脂豐富，帶有輕微發酵味和濃郁野味，說老實話，真是好吃得不得了。用完餐，他又煮了些脂肪內臟之類的東西，加麵粉攪得糊糊的，餵給門口兩隻狗吃。

「狗吃這麼好你看。」他向我展示豐盛的狗碗。

弄完這些，他又穿上大衣匆匆出門，直到傍晚才將羊群趕回畜欄。七點多，夕陽消隱，天空從幽微的橙轉為神祕的綠。這時他開始準備晚餐，做的是藏式包子，比中午的麵疙瘩更費工。不開玩笑，跟這個比起來，鼎泰豐什麼的就像小孩吃的東西。

晚飯時，我終於下定決心，問他：「我那車子很快能修嗎？」

「快過年了，修車的沒有。」他表情訝異。

「這樣的話，車子弄好前，能不能讓我待上幾天？」

「沒事。」他拍拍我肩膀，似乎對於收留一名外地人相當興奮。「留在我家過年，沒事。」

馴羊記Ⅵ

中午，我在家釘造一個小板凳，外頭突然奔街走巷喊著開大會。有人敲門時，我思量著推託之詞沒有應門，那人卻直接闖進來——是才旺瑙乳，穿著勞動人民的工作服與短褲，腰間插根木棒。「叔叔，」他連聲催促：「快走吧，晚了就看不到了。」我問他這次又抓了誰？他說揭發了個外國特務，鬥完要槍斃。

「我從昨晚開始就渾身不對勁。」我凝視自己掌心，開開合合幾下。「血好像流不動了。」

他抓起我的手看了看。「不可能嘛，您健康得很。」

「我不年輕了。」我仍擱下東西，進臥室換了套衣服。

這天意外地熱氣蒸騰，路面因而扭曲晃動，車輛也如船隻搖擺航行。我們沿著宇妥路往城中心走，汗水順著背脊滴淌。途中見到孩子騎著顯然不屬於自己的高大自行車，載著一捆大字報和糨糊罐；有老人家在路邊兜售自製的神藥；一個魚販的竹簍子裡裝著開始腐爛的巨大江魚；一名青年架起相機，拍攝舊時的貴族宅邸，那裡現在是紅衛兵司令部的其中一個辦事處。

不久趕上遊行隊伍，見到幾位挨鬥者身穿舊時代服飾，掛滿金碧輝煌的四舊之物，臉上被墨水塗得醜陋滑稽；頭頂高帽，胸前端著木牌，藏文寫「打倒牛鬼蛇神」。其中不少是早年很有名望的人物，有的還自己敲著鑼喊：「我是流氓黑幫。」道路中央，紅衛兵一貫時髦的軍服短髮，意氣風發地揮舞紅寶書，趕羊一樣推著他們走。夾道群眾歡欣鼓舞，偶爾有人跑上去揮個幾拳，甚至有小孩朝他們扔石頭，然後蹲在路邊笑得上氣不接下氣。我想到仁波切也被貼過大字報，但不曾遊街。為躲避風頭，我對外謊稱他暫時下鄉去了，但其實是將他用布包裹起來，藏在櫥櫃底層，夜裡才拿出來透透氣。

好幾個人過去，沒見到哪個身上寫著特務。

「可能押過去了，到立新廣場看看。」才旺瑙乳將我拉到一邊。

「你去吧，大昭寺的高音喇叭讓我頭痛。」

「那也得忍一忍，說白了，這是覺悟問題。」

所謂立新廣場就是大昭寺講經場，從前舉行辯經考試的地方。現在除了開批鬥會，也讓宣傳隊唱歌、跳舞、演戲，晚上偶爾播映露天電影。我們抵達時已聚集上千人，幾十支紅旗飄揚；法臺上設了一座臨時主席臺，後方是毛主席像，兩旁牌子寫「偉大的領袖」、「偉大的中國共產黨」什麼的。從縫隙間望去，此刻押在上頭的是個姓曾的領導幹部，雙手反綁，委身低跪，被打成資產階級作風的當權派。這種人其實沒什麼大問題，只是運動開始時誤判風向，站錯邊罷了。領頭的看來是二十幾歲的年輕人，手持一份檔案材料，毫不畏怯地揮打他臉頰，用麥克風喝斥：「你可要老實交代，這事如何處置，取決於你的認罪態度！」年輕人扯他頭髮，指著後方八個大字：「抗拒從嚴，坦白從寬。」

姓曾的熟悉這一套，聲音雖小但不顫抖，自我批評的同時，不忘感謝黨組織與紅衛兵同志及時當頭棒喝，拯救他免於犯下更大的錯誤。說罷，紅衛兵輪流上去打耳光。這時我發現才旺瑙乳已經消失在人堆裡。

「揭！」

接著挨批的是拉薩中學教師，六個人的手被繩子綁成一串。義憤填膺的學生發表演說，揭發這些反動學術權威的問題。領頭的將麥克風湊近，不是要讓教師們說話，而是先透過喇叭擴大那陣響亮亮的耳光，接著才讓他們進行自我批判。並非所有人都像姓曾的那樣深諳革命道理，有的會反駁，有的會哭泣，如此就得多吃苦頭。他們鬥完會被拉下去，沿八廓街繞個幾圈，這時便有下一個上臺替補。

吵吵鬧鬧那麼久，看熱鬧的多少有點疲態，很多人就地坐下搧涼。就在大會接近結束時，幾輛引人注目的軍用卡車駛來，停在廣場外頭。大家自動讓開一條路，看一列士兵過去將主席臺淨空，在前方持槍把守。他們放下一名犯人，由兩名士兵兩腋提著上臺。軍官敲了敲麥克風，逕自宣讀罪行，雄渾的聲調與官腔的文詞使四周浸染了靜態的儀式感。原來這人才是外國特務，被安上各種莫須有的罪名，但事實是幾個月前，他與一名小情人試圖私奔到印度，被道班工人舉報，讓邊防軍給押了回來。聽說抓到後，他與少女在兩個小房間裡分別審問，少女招認了該招認的部分，青年則一聲不吭，因為階級成分不好，被扣了頂大帽子。審問是在去年冬季進行的，之後至少關押了五個月，所以我無法肯定彼時那個臉色青白的人是死是活。而少女據說在獄中飽受欺凌，只關兩個月就被放出來。

軍方向來不參與運動，顯見這與稍早批鬥的性質不同，不是路線問題、革不革命、革誰的命，而是叛國。被扣上這頂帽子的一般有兩類人：一種是五九年許多親友潛逃印度，分隔兩地，以至於不得不和達賴集團緊密聯繫的人；第二類則是受不了天天批鬥，想投靠國外又被抓回來的人——這裡既然是全世界最幸福的地方，此舉等於背叛。才旺瑙乳之所以氣憤的理由是，同樣是出身不好的人，卻不懂得選擇正確的立場和行為，就是這樣才應了大聯指那些人老愛說的：「老子英雄兒好漢，老子反動兒混蛋。」

宣讀完畢，將在北郊刑場公開槍決。軍隊把人帶走後，我也跟著其他人沿車行方向往北走。來到大橋邊的行刑場，荒寂的灰土灘上，一名待刑罪人面朝夏季多水的流沙河，坐在很像我中午釘造的小凳子上。遠處幾隻水鳥佇立岸邊。他被繩子以複雜樣式綑綁，後背插一塊木板，低垂著頭，長髮掩面，對外界毫無反應。十公尺外站著幾名士兵，指揮官們站得更遠一些，再過來則是群眾冰涼涼的眼睛。大家被巨大恐懼感與好奇心驅使著站在這裡，保持神聖的緘默，並透過貼近觀看來確認自己暫時安全無虞的處境。

驗明身分，宣讀公文。一名士兵替手槍填好一枚子彈，從背後向犯人走近，動作沉穩，一絲不苟。另一名副槍手則在原地待命。那十公尺的距離，每一個沙沙的腳步聲都穿越凝滯的空氣嚙咬耳朵，一步比一步緩慢，一聲比一聲清晰。灰白的河灘反映劇烈日光，亮得刺眼，空氣濕熱得彷彿南國小島；手槍鋥亮舉起，瞄準後背，移動時反光閃爍。「執行。」瞬時一團硝煙飄散，槍響碰撞對岸山壁兩秒後反彈回來，以至於像是連續開了兩槍。第一槍打在犯人心臟，第二槍打在自己身上。受驚的水鳥往山南飛去，犯人頭臉緊貼地面，行刑者撫著胸口，所有人顫抖一下。

這天傍晚，沒有人提及死者或生者，大家都在談論高原上的六月竟濕熱得像內地，南風盛行，好像印度洋就在山的另一頭。過了涼爽的一夜，清晨時，有人在河下游找到那個逃亡失敗的女孩屍體，泡了半天，整個鼓脹脹的。飢餓的流民拿刀想從她腹裡挖出未消化的食物，卻只發現四個月大的胎兒。積極分子對此憤怒不已，在宣傳車上大加批評。

哇宗村

才合道朝上游方向疾馳，道路緊貼山谷。我抓緊他的腰，感覺海拔漸漸升高。過一座水泥管橋，遠處出現一排藏式民房，十多戶人家依山而建。河對岸有座孤廟及小學，後方山丘經幡飄揚，才合道說那是村子自己的神山，名叫阿尼達夏。從屋舍與河道保持的距離來看，在冰川消融季節，這裡或許曾有過相當凶猛的春汛。

摩托車左拐進村，來到一扇紅漆木門前。才合道按按喇叭，一個小孩就出來開門。進院子停妥，四周有農牧用品和馬具，眼前房屋兩層樓高，大概七、八個房間。我們抵達的這個地方，才合道稱之為「家」，之前放羊的地方則是「牧場」。老媽媽送上迎賓的白哈達，邀我進客廳喝茶。這時桌上已是一派藏曆新年的風景，不說風乾肉、奶皮、炸餅子，還有城裡買的餅乾、果凍、焦糖瓜子等零食堆積如山，飲料則又是一座五彩繽紛的森林。家裡其他人陸續前來，沉默而愉悅地打量我，像在看一隻路邊撿來的小動物。只要我嘴巴稍停，兩手空空，就會被催促著吃吃吃吃。

沒把藏語學好再度令我慚愧，好在才合道有個妹妹叫娜拉草，在西藏大學讀英文翻譯，漢語精準流暢，成為我與其他人溝通的橋梁。這天她穿著灰藍色牛仔褲、黑色羽絨外套，棕色長髮綁了馬尾，右耳掛一隻低調的、亮晶晶的耳環。我發覺她總習慣性抿著嘴唇，像是憋著心裡話不說，給人某一種中亞美女的印象。我請她轉達至深的謝意，過年期間多多叨擾了。

他們為我清出一間獨立客房，小孩三不五時過來添火。想起這已經是第三年沒回臺灣過年，前年在婆羅洲，去年在呼倫貝爾，今年在這裡。介入他者生活並受到款待，不免讓人羞愧難當，我唯一稍微具體的貢獻，是用那套攝影設備為村裡各戶人家拍了全家福。在鄉村地區，過年確實是親族團聚的難得機會，每次相聚都在提醒離散的必然，同時見證時光如何冷酷無情。他們精心打扮，身穿華麗藏服，在客廳、佛堂、大門外，專注留下一張日後可供緬懷，或引發悲傷、酸楚與糾結的回憶切片。

拍照之事傳開後，我幾乎天天帶著相機，跟娜拉草四處串門。拍完照，基於過年的禮節，通常會留下享用茶點，聊上幾句。這是收集資料的好機會，我每次都請娜拉草代為詢問對方，有沒有在什麼地方見過雪豹？年輕人的反應一般很簡單，就是搖搖頭說沒見過。至於年長一些的，在記憶之海中四處打撈，總能找到一點濕漉漉的線索。

「沒有。」老人家說：「好久沒見過了。」

「以前見過嗎？」

「見過，不只是我，村裡人都見過。」

「那是多久以前的事？」

經過幾次談話，我發現村民們提到的竟是同一隻雪豹——究竟是七幾年還八幾年？他們似乎記不清了，但講起來仍舊歷歷在目。當時這地方還叫哇宗二社，有一年冬天，連續幾個夜晚傳出羊隻被咬死的消息，屍體都只有後腿被吃掉。顯見獵殺者是個狡猾的傢伙，深知人類活動規律，只在雪霧之夜出沒，不為貪吃而冒險久留。此後村裡每隔一段時間就會死幾頭羊，卻從未有人目睹獵殺現場，唯獨一位村民宣稱曾在天亮前最冷的時刻，見到疑似豹子的動物在村口舔舐冰凍的河面，稍一閃神便消失無蹤。

不過根據屍體頸子的咬痕和外皮掀翻的方式，依然能夠肯定是豹子幹的。男人們稱呼牠為「那老傢伙」以示對手的可敬，經常帶著火槍上山巡邏，或在小賣部前一面喝酒一面交換消息。然而兩年過去，損失數十頭羊和好幾條獒犬，他們依然連對手的長相都不知道。第三年是個黑年，春天來得晚，牲畜不長膘，很多體衰的羊隻熬不過嚴冬而凍死。老傢伙銷聲匿跡許久，直到那天傍晚，有人看見牠與一頭壯碩的大公牛搏鬥，反被撞成重傷。第一個發現的年輕人先是用拋石繩遠遠地砸幾顆石頭，確定無法動彈後，拿麻繩將其五花大綁，吆喝著拖上廣場。

老傢伙癱軟在地，嘴巴微張，粉白舌頭滴下含血的唾沫；呼吸很輕很淺，胸腔快速起伏，不時四肢抽搐。從泛黃雜亂的毛皮看來，確實有些年紀。聞聲趕來的村民們圍成一圈，面對眼前曾視為仇敵、注定將死的生命，一時沒人下得了手。豹子睜著嬰兒似的天真眼珠，流轉過身旁每一張錯愕的面孔，每次因為疼痛而眨眼，眼角就像要滴出淚來。

正當眾人不知所措時，有個叫強巴的年輕人跑回家，取來一個平時裝穀子的布袋，蓋住受傷的豹子。「不忍心見到那樣的眼睛。」說著便舉起火槍，對準心臟扣下扳機——溫血噴濺，腥氣隨白霧瀰漫開來。那槍響在山谷中久久徘徊，直到強巴一句話打破沉默：「山裡畢竟動物少了，老傢伙只是餓。」

最後大家沒有把皮子拿去賣，只是將豹子屍體扛上山丘，施捨給空行母。「願下一世投胎做人。」強巴對所有人說。

這就是哇宗村集體記憶中最後一頭雪豹，此後再沒人提起這種動物。也是那時起，國家大力倡導收槍禁獵，名義上是維護山河母親，保護珍貴動物。不過私下閒聊時，村民更喜歡解釋為瑪洛人太剽悍，鬧起事來國家都管不住。當幹部家家戶戶嚴抓私藏槍械時，大家早已將武器藏好，或交給寺院誓言不再殺生了。村裡人都記得，當時幹部剛剛離開，強巴就跑到門口大喊：「當個藏族人不是我的錯！」

說起強巴這人，性格有點孤僻，一直沒娶媳婦。年紀稍長之後，常常一早出門去轉金巴寺，整天不見人影，村裡跟他來往的人也不多。彼時我問強巴住哪一戶？說有空想去拜訪，對方卻搖搖頭，說強巴應該已經死了。

「應該？」

「他好多年前說要去拉薩朝佛，什麼也沒帶就出發了，至今沒消沒息，我想應該是死了。」

老人家指向屋外說，學校後頭不是有個小山丘嗎？當時我們把屍體搬到那兒，很神祕呀，馬上就有幾十隻禿鷹在空中盤旋，不曉得是從哪飛來的。至於開槍打死雪豹的地方，就是村委會前頭的廣場，全村人都圍著看熱鬧，畢竟豹子嘛，誰也沒見過。

若我的判斷沒錯，他說的廣場就是現在的籃球場。每天下午，青年們都在那裡打籃球，眾人在場邊圍觀，渾然不覺腳下曾經是個行刑場。

馴羊記VII

聽人說，才旺瑙乳死了，是派系惹的禍。

想當初大家只區分革命分子跟反動分子，誰想得到，革命還有路線問題。六六年拉薩成立紅衛兵不久，內地紅衛兵也到此串連，尤其北京來的如同毛主席的左膀右臂，宣傳鼓動的力量很強。氣勢造起來後，觀點卻分裂成兩派，一個是代表造反派的造總（全稱為拉薩革命造反總部），以及代表保守派的大聯指（全稱為無產階級大聯合革命總指揮部）。造總主要是拉薩中學和師範學校的年輕人，和一些汽車隊跟水泥廠的工人；傾向大聯指的比較多是民族學院學生、農牧戶和一些年長居民。兩派主要的判準，就是要打倒張國華或者支持張國華。張是西藏軍區最高司令官，五〇年代領著十八軍進藏的老革命。前陣子針對這事在文化宮開了一場大辯論，我也在場，居民們各自搬張凳子分成左右兩邊坐，聽臺上革命分子辯論張國華究竟是好人還是壞人。有時造反派說得動聽，一些人就跑到左邊；有時保皇派講得有理，人們又把凳子搬回另一頭。雙方各自引用語錄詮釋，都說自己正確，對方反動。猶記得一位副部長為了捍衛司令，氣得嘴唇顫抖發青，使勁一拍桌子，手指斷了三根，桌面還留下淺淺的巴掌痕跡。

現在人們見面，首先都要問哪一派。只要派系相同，陌生人可比父母還親；要是派系不同，兄弟都能反目成仇。進城時如果仔細聽，各處房頂的廣播也有分別，比如交際處和小昭寺的廣播站屬於大聯指，會說張是解放西藏的大菩薩；大昭寺、喜德寺、丹傑林寺的廣播站屬於造總，則批他是最大的當權派，好像房子跟房子之間都為此辯論不休。到了夜裡，兩派的廣播車仍舊奔街走巷，口號響徹全城。本來用的都是革命語言，變成互相辱罵的也有，喇叭一個比一個響，聲音一個比一個凶。我對門有位作息古怪的鄰居，從前只要天色稍暗，就會立刻入睡。但最近一聽見廣播，他就從床鋪驚起，急忙敲打別人家的門喊著要遊行，然後夢遊似的跑上街。

日出之時，如果很早去城中心辦事，常見到兩派人馬爭相派送各自的革命小報，四處搶貼大字報。密密麻麻的文字，一張蓋過一張，圍牆連一點呼吸的空間都沒有。類似這般語言的鬥爭，文藝界是最擅長的。造總有自己的藏戲團、話劇團，大聯指也有秦劇團、歌舞團。那些歌唱與戲劇總是棉裡藏針，暗中較勁。

對立場鮮明的積極分子來說，城市空間也分兩派，最怕誤闖敵陣地盤。曾有人過條街就消失無蹤，幾天後被發現死狀淒慘，棄置城外。這般繃張對立的氛圍最近演變為群體武鬥，起初是用拋石繩、棍棒、磚頭、山刀，接著有土槍和土製手榴彈。直到昌都和扎木那邊的軍械庫被群眾搶劫，新式手槍、衝鋒槍、機關槍就都出現在拉薩街頭——據說這是軍區默許的，否則老百姓哪有辦法闖進部隊看守的武器倉庫，哪裡認得出什麼子彈配什麼槍呢？

這兩天一直想為才旺瑙乳寫點什麼，卻久久無法下筆，不斷想起那小伙子曾敞開大衣，拍著胸脯對我說：「如果在搞革命的過程中死掉了，起碼一輩子對得起人民，對得起理想，來世就輪到我們當家作主。」與高采烈的神態在心湖盤桓不去。

他被發現陳屍家中的前一天，正是派系武鬥的高峰。那天下午，我例行性拜訪八廓街附近一位老藏醫，想多保存一些傳統知識，不遠處就是大昭寺廣播站。記得當時播音員誦讀完北京方面的最新消息，開始放送激昂高亢的男女合唱，唱的是一曲造總的代表歌：「抬頭望見北斗星，心中想念毛澤東，想念毛澤東。迷路時想你有方向，黑夜裡想你照路程……」事後耳聞，此時大聯指的人已在附近暗藏伏兵，不動聲色地架起兩支高音喇叭，左右包夾廣播站。不等北斗星唱完，便以更大音量播放大聯指的代表歌曲，那首節奏輕快的〈心中的歌兒獻給金珠瑪〉，金珠瑪就是解放軍。「嗦，呀啦嗦！獻給親人金珠瑪，感謝幫我們鬧翻身耶，百萬農奴當家作主人耶；感謝你們支左支工又支農，文化大革命立新功，立呀立新功耶……」

造總切斷歌曲，靜默片刻後，喇叭傳出聲嘶力竭的：「砸爛張國華的狗頭！保皇有罪，罪該萬死！」接著有人爬上圍牆，向外投擲石塊，隨意放槍。當時駐守的造總成員大概二十位，武器補給有限。大聯指的人有恃無恐，在外自顧自喊著：「毛主席支持我支持，毛主席反對我反對……」雙方武器都刷刷刷亮出來。對峙近一個鐘頭後，造總嘗試突圍，在大門附近短兵相接。這時拉薩警備區的部隊也已集結完畢，揚言要平定紛亂，接管大昭寺，隨後挾著武裝優勢從後門攻堅。大聯指一方眼看有部隊依靠，跟著闖了進去。寺院一時彈火流竄，黃昏的天空炸得閃閃爍爍。

這時的大昭寺早已不是從前的大昭寺了。六六年砸過後，斑駁金頂不再閃耀，裡頭先變成破四舊辦公室，存放抄家來的器物。寺裡堆不下，就把最多、最舊、最無用的經書燒掉，塑像則砸碎倒進拉薩河。有的佛像一丟就沉，有的會隨水漂流。那天好多人在橋上看呀，佛的身體千千萬萬從河面漂去，比最精巧的千手千眼觀音像還要讓人悸動。現在寺裡則空無一物，就剩那尊釋迦牟尼十二歲像，身上珍寶搜刮一空，黃金表面刀砍斧鑿——赤裸裸一個灰色人形，孤單盤在大昭寺中心那個上鎖的、陰暗的佛殿裡。

不久後，寺院成為大聯指的基地，接著又被造總占領。

我與老藏醫一家躲在屋裡，不清楚實際發生什麼事，但在槍砲轟隆之間，所有人都聽見廣播站傳來一首陌生歌曲。只有我們這些擁有短波收音機、經常「偷聽敵臺」的人才知道，那是來自美國的歌；其中又只有極少極少人知道這位年輕歌手名叫吉米．韓崔克斯，曲子名為〈沿著瞭望塔〉。那歌聲並不激昂，但很自由，既像破壞信仰，又如信仰本身。你沒辦法抗拒那樣的音樂，它如血液般注入跳動的心臟，就算不懂得英語——事實上不必懂得英語，光那把吉他就能說話。可惜曲子音質極差，很可能是什麼人從收音機偷錄下來的。破碎雜訊間，肚破腸流的人仍用最後的力氣呼喊口號，死者與傷者相互堆疊，被板車拉到醫院門口停放。期間歌曲不曾間斷……噠噠噠……喀啦喀啦……砰……噠噠噠……一切混合的聲音從大昭寺的日光殿那邊傳來，讓人迷惑、讓人激動、讓人感到安慰。因為當時三方的人都在寺裡，難以追究責任，附近居民當下雖為歌曲神魂顛倒，事後卻絕口不提。此外，或許是河谷地形的緣故，很多人在夜裡溫度下降時，再度聽見音樂的模糊回聲，伴隨清晰的槍響，在寧靜城市的底層久久徘徊。

清晨時，派報員在才旺瑙乳家中發現他與父親兩人的遺體。經專家勘察發現，屋內有兩個彈著點，一個在牆上，一個在地上，另有三枚六四式手槍的彈殼。從凌亂現場看來，雙方曾起肢體衝突，後來父親朝兒子腹部開了第一槍，掙扎中朝胸口開了第二槍。很難相信他是我印象中那位寡言而保守的父親，臨終前，他甚至用兒子的滿腔熱血在牆壁寫下鮮紅生澀的「毛主席萬歲」，底下以藏文再寫一遍。最後拿起手槍，從右耳打進自己腦袋，子彈從左耳上方穿出，在牆上留下一個小小的槍眼，周圍黏了些燒焦的頭髮。

唯一的問題是，現場始終沒有找到那把六四式手槍，警備隊也不再繼續調查。

金巴寺

這天是藏曆十二月二十九，金巴寺僧人們從凌晨就開始誦經。日之將昇，冷雨之中傳來動物鳴叫，都是附近村子送來放生的禽畜。天亮之後，這裡將舉行一場隆重的羌姆儀典。

這種古老的密宗儀軌也叫跳神或金剛神舞——僧人們戴上各式神靈面具，身著彩緞錦袍，手持兵器法器，在莊嚴樂音中跳起幽玄之舞。目前普遍認為羌姆起源於八世紀時，蓮花生大士在桑耶寺奠基儀式上所表演的舞蹈，流傳至今，依然保有早期苯教和印度密宗的痕跡。幾年來雖看過不少文字和影像紀錄，卻無緣親睹，因此一聽說金巴寺要跳羌姆，我立即請求娜拉草一同前往。

金巴寺距離哇宗村十多公里，由五個自然村供養，僧人僅四十多位；建築沒有華美金頂，只有青石磚瓦，黃草蔓生。這天早上騎摩托車抵達時，已有上百民眾聚集，自備酒食席地而坐。廣場中央繪了幾個同心圓，那既是舞臺，亦是壇城。彼時神靈尚未出場，僧人們在大殿階沿上演奏嗩吶、法號、羊皮鼓、大鐃、金銅鈴等樂器。聲音多部並進，你無法在心底打出節拍，卻能渾然一體。

出於禮節，我徵得寺院同意以進行攝影，只為個人留存而不公開。這與藝術無關，只是想起六十年前的這一天，達賴喇嘛和鄧副司令也坐在布達拉宮的日光殿裡，欣賞朗杰僧院在德央夏廣場舉行的羌姆儀式，這時雙方商定軍區看戲之事，成為日後一切的導火線。我看過一張佚名攝影者那天從布達拉宮高處拍下的照片，畫面沒有焦點，涵蓋人與非人，視角如神。

十點多，法號長鳴，首先推開布幔的是鹿神與牛神。祂們腰纏人皮，雙手各持血顱骨和金剛杵；兩臂平伸、分甩、單晃，腳步為顛跳、跨腿、旋轉。此二尊是閻王使者，暗示觀眾已然進入冥界，將見到不同於凡俗的景象。

依據藏傳佛教的宇宙觀，人死後會成為中陰之身，受無數神靈接引。屆時若因迷惘畏懼而無法證悟解脫，則每七天會經歷一次生滅，七七四十九天後再度投身輪迴。金巴寺羌姆共有十五幕，近四個小時，期間出場的神靈千變萬化，難以逐一指認，但大致而言，可分為寂靜相和憤怒相兩類。密宗本尊多為後者，神態猙獰凶猛，伴隨血肉、兵器、屍首出現，是佛菩薩降妖伏魔時顯現的法身相。

羌姆既非俗劇，僧人要想扮演神偶，除了音律與舞蹈的基本功夫外，更重要的是精神修為。初學者剛接觸時，傳授者會帶領念誦平安吉祥的經文，一段日子後心靈澄澈，才能進入正式學習。過程中，他們不只要認識所扮演的神靈，更要透澈體悟，甚至為此閉關修行。一旦戴上面具，舞者的手印、身姿、唸咒、思維，皆與本尊合而為一，達致超然之境。觀眾也因而得以真正地瞻仰神靈，確認一種集體神話，重拾信心歸返苦難的現實生命。

世上所有民族都有關於死亡的神話，藉此將生與死建立連結。我不是佛教信徒，在藏區旅行這幾年，雖為各種文化景象心醉神馳，迷惘卻不曾稍減。當觀眾對著羌姆神偶磕頭，我卻注定與啟示錯身而過，如光穿行玻璃。我思維結構中先行的科學框架，是一套探索客觀世界而建立的知識體系，盡其所能與個人劃清界線，有時卻讓你在夜裡寂寞徬徨。它再怎麼描述死亡這種現象，也無法讓我們和親密之人的死亡和解，或者安然接受自身必然將死的命運。借日本心理學家河合隼雄的說法，神話是透過故事的方式，確認自己在世界上的角色，而失去神話支撐的現代人正冒著「喪失關係症候群」的風險，時常感到無處可棲。《神話與日本人的心》的序章，他引用哲學家中村雄二郎的一句話，姑且抄錄在此：

神話知識的基礎，來自我們根源性的欲求——我們希望周遭的事物，以及由這些事物所構成的世界，從宇宙論的觀點來看，具有濃密的意義。

中午休息結束，下半場出現一對黑白小鬼，分別代表善與惡。前者拿一顆六面皆是六點的骰子，後者拿六面皆是一點的骰子，每次對賭就引起觀眾歡呼，如同目睹真理——光明必將戰勝黑暗。至此已是中陰盡頭，閻王將要進行審判，決定中陰投生至下三道：地獄道、餓鬼道、畜生道，或者上三道：天道、阿修羅道、人道。

最後，戴骷髏面具的屍陀林主出場，將一個糌粑捏的裸體小人放在壇城中央。這鬼俑稱為靈嘎，面容恐怖，被一條麻繩繫住頸子。屍陀林主繞它舞動，口誦咒語，將世間罪孽與邪靈召入此俑。接著一尊憤怒相紅面護法神現身，用鐵鉤、鐵斧、鐵叉、彎刀等法器將之砍殺，鮮血順著刀鋒滴在地上。

如此，今年的羌姆便完成了。

會後，我們拜訪了寺中最資深的羌姆上師。得知我來自臺灣，老喇嘛慷慨邀請我們上二樓喝茶，談論羌姆內容和繁複的訓練細節。他說金巴寺人手不足，每年都會召集年輕人扮演一些配角，但臨陣磨槍的表演常出差錯，惹得觀眾發笑，實在傷腦筋。

應我要求，他帶我們到樓下倉庫觀賞相關經文、樂譜和道具。一列巨大面具懸在牆上，怒目圓睜，氣氛肅然。我接過一頂金翅鳥面具，比想像中輕巧，他說這是用泥沙和紙漿做粗胚，疊上多層紗布，晒乾後彩繪而成的。因為原料中混入草藥，利於保存，不易蟲蛀。看過一輪，我注意到牆角還有幾個老舊的綠色木箱，老喇嘛說那不是羌姆，而是幾年前果欽村一個藏戲師供養的服裝道具。箱子打開，有股嗆人的樟腦藥味，東西保存得不錯，可見捐獻的人一定很不希望壞掉。

「他只是手上放下這些東西。」老喇嘛說：「心裡沒有放下。」

拜別金巴寺，我告訴娜拉草，自己在夏河、瑪曲、拉薩也看過幾場藏戲，對那位藏戲師的故事很感興趣，想麻煩她再陪我走一趟。她欣然應允。

果欽村離金巴寺不遠，附近有座隕石坑般的圓形湖泊，相傳是蓮花生大士降妖伏魔留下的遺跡。基於禮貌，我們抵達後先找了村長，在他帶領下拜訪那位老人家。村長說自己常來找白瑪老人喝茶聊天，順道送一些物資。進門前，他提醒我們要有耐心，那老人家有點（神智）不清楚了。

到訪時，老人家正在客廳打盹，身旁籠子養著一隻全身雪白的鳥。仔細看，像缺乏黑色素的白腰雪雀，但眼睛仍是黑的。村長叫醒他，寒暄兩句，說有兩個年輕人想跟你聊聊。「喔呀，小鳥告訴我今天會有人來採訪。」白瑪老人給小鳥撒一點穀子：「回去跟你領導說，當年毛澤東的夫人讓我到北京去，我都不肯。想看戲就去拉薩，我下個月在那裡有一齣《頓月頓珠》！」

我順著老人的話，說自己剛在拉薩看過一齣戲。他問哪一齣？我說《文成公主》。

「演得如何？」

「挺有意思。」我實在不知該如何評價那樣的表演，只好給他看幾段用手機錄的短片。他看完一遍，又想重播，手指慌忙按了幾下，喉嚨像在費力吞嚥什麼。

馴羊記VIII

這幾年社會氛圍鬆了，回頭看看從前的事，簡直不可思議。但無論人們如何冷靜反省，改變畢竟改變了，也得學著適應新生活。

去年周總理批示下來，要求全面修復大昭寺，表示國家對待宗教的態度有所轉變。此前一段時日，那裡被改為市委第二招待所，對一般民眾開放。我出於好奇也住過一宿，藏香氣息被燒柴味道取代，殿堂掛上客房編號，早已沒有寺廟的樣子。現在工匠與畫師們要想重建過去數以千計的佛像壁畫，自然困難重重。我因為早年做過不少文獻與田野考究，所以修復團隊徵詢意見時，多少幫了點忙。

然而佛殿配置、法器樣式、塑像內部裝藏，外人光憑印象終究難以詳盡，主要靠的還是五世達賴喇嘛編寫的大昭寺佛像名錄以及德木仁波切的記憶。德木仁波切作為少數留在拉薩的大喇嘛，五九年錯過移居印度的機會，文革初期被鬥得很淒慘，家裡又砸又抄，妻子罹患瘋病走了。現在他病懨懨一個老人，成天躺在床上，生活難以自理。每次團隊前往拜訪，還得靠他在廠裡工作的兒子回來代為溝通。

我與德木仁波切算是有些交情，惆悵自不待言。他可以說是拉薩最早的現代攝影家，擁有品類齊全的攝影器材，作品獨具美感。我曾參觀他的私人暗房與照相室，請教一些機械原理。當時他興沖沖給我拍了張人像，示範沖洗的技法，但成品我沒有要，於是他贈我一系列以城關區群眾為主題的作品，名字叫「社會主義的觀點」。

人最重視、最珍貴、最熟悉不過的東西，有一天也會形同陌路吧。猶記得今年三月，某個尋常的雪天，我一起床便惦記著要出門辦事，但因為整理文書有些耽擱，過了中午才趕忙出門。那時走在喧嚷大街上，突然一陣耳鳴，剎那迷失方向。也說不清是怎麼回事，好像大腦某個零件被抽走，沒辦法好好運作。據說我失魂似的漫步了幾個鐘頭，直到碰見一位熟人才助我返家。事後朋友來訪，問我當天為何沒有赴約？才知道原來是與他有約，但至今想不起所為何事。

現在我已然明白，自己確實患上失憶的毛病，情況不容樂觀。我越來越常忘記要說的話，叫不出朋友名字，不知是否吃過飯，有時燈燒了整夜也沒捻熄，這麼下去，終將連自己是誰都想不起來吧。生命如同踏上漸進式的死亡旅程，實在有點讓人不知所措。但消沉也無濟於事，我弄了本小冊子放在身邊，隨時寫下生活用品的名稱和使用方式，鉅細靡遺地描述自身經驗，以便迷糊時有個依靠。不過寫著寫著，有時也會遺忘藏文拼音與漢字寫法，筆下遂冒出日文假名。當語言本身都失去掌握時，思緒便梳理不清了。

幾個月來，我的食量大幅減少，家裡米缸不曾稍減。糧食積得久了，散發一股酸酸的霉味。為免浪費，本想將一袋大豆分送給家裡條件較差的人，但那天分裝小袋時，赫然發現豆子底下埋著一尊佛像，用一套綠色軍便服包裹著，胸前擺了本《毛語錄》。這究竟什麼時候藏的？望著那灰撲撲的、滿是皺紋的人形，越看越覺熟悉，卻久久叫不出名字。

心頭猛然一顫，趕忙從倉庫取了鐵橇，挖開牆壁木板夾層，拿出從前的日記——為躲避檢查，早期文稿都封存於此。我翻閱四、五年前寫的東西，文字霎時如咒語，將桑吉仁波切一字一句召喚了回來。記憶從什麼時候開始竟如枯葉片片凋落，讓我連這位摯友都忘了？我既哀嘆又慶幸，心情激動不已。想到將來記憶所能指認之物盡數凋零，還能有信心說服自己文字為真嗎？抑或兩者盡成虛妄？

迅速讀完，數百頁文稿再次封入木板牆。我將一張椅子搬到門口，回頭捧起桑吉仁波切，拭去身上沾染的豆粉，套上軍便服，帽子扶正。多久沒有這樣了？坐在屋外微微發冷的秋日夕陽下，我問祂，記不記得大昭寺二樓都有些什麼？國家最近要修復，但大家都忘記從前的樣子了。

「你去了多半也認不得。」我將沉默的佛像擺在腿上。「那裡變了很多呀。」

文成公主

第一幕：松贊干布遣使求親，在百女之間選中文成公主，得唐太宗允嫁。

去年十一月剛到拉薩時，我立即注意到街上四處貼有「文成公主大型實景劇」的宣傳海報和售票資訊。雖然札西嚮導並不認為這值得耗去我在拉薩的珍貴一晚，可基於對藏戲的興趣，我還是執拗地買了門票。那天晚上，札西開車送我來到名為慈覺林的小村子，雙腳一抬，說要睡個覺，結束了再叫他。

印象中，拉薩城外即是曠野，但我沿階梯上坡，卻置身於一條聲光浮華的風情街，販售精緻紀念品的店鋪漩渦一樣把我吸走。這個建立不到十年的新穎園區，可以說是《文成公主》的衍生物，據說初期便投資了七億五千萬人民幣，配合政府大力宣傳，旺季時場場爆滿。只這一齣戲，一年門票收入就超過一億人民幣。

走到階梯盡頭，是一幢大型藏式建築，頭上有毛體字掛著「文成公主劇場」六個字。剪過門票，另一邊即是依傍著寶瓶山的開放式大舞臺，一面是容納四千人的觀眾席，其餘三面朝曠野無限延伸，燈光打上山頂，星月同為道具。第一幕才開場，便有數層樓高的宮殿在滑軌上移動，侍衛宮女不下百人，服裝精巧至極。進退場間，滿城金光閃爍，像極了閱兵大典。

但讓我錯愕的是，公主怎麼才開場就嫁了，嫁女兒這麼隨便的嗎？若按典型的藏戲版本，面對吐蕃派來的求親使團，唐太宗可是千百個不願意，連出數道頗具巧思的刁鑽難題。只因松贊干布乃神降之子，使臣祿東贊也機伶過人，才能在各國使團中脫穎而出。這段情節照說涵蓋九成以上內容，用傳統形式能演上一整天，可現在開演才十分鐘啊，接下來還有什麼可看？

第二幕：文成公主千里西行，故鄉之情難割難捨。

來之前我就料想自己可能後悔，但耐著性子看下去，倒也不算被騙，起碼從音響、電子屏幕、噴雪機關，乃至一切硬體設備，都絕對是扎扎實實的巨資打造。送親隊伍一啟程，有馬匹奔馳，羊群雜沓；煙塵彌漫間，經幡與佛塔在後頭飄來晃去，又是一輪張藝謀式的盛大排場。那是就算你對內容毫不在意，見到聲光之繁盛，都會覺得「啊，真是辛苦了」的程度。縱使票價不斐，也覺得沒有關係了。

只是，這究竟還算不算藏戲？從溫巴面具來看，當然屬於衛藏方言系統的藍面具流派，劇本也源於八大藏戲之一的《甲薩白薩》，可偏偏看來就是天差地別。後來與白瑪老人聊天，他顯然在情感上難以承認這場表演，並會將記憶倒轉至與我相仿的年紀，談起心中「真正的」藏戲——那是以前逢年過節，在廣場上搭起帳棚，大家席地圍觀的那種藏戲。彼時看戲是生活中少有的娛樂，有時戲班子下鄉，只一齣戲，演上三天三夜，附近村子的人都會勤奮趕場。好像時間太堅硬、太漫長，非得大家一起消磨不可。

在廣場戲的年代，沒有電子設備，伴奏以鼓鈸為主，演員必須有非常洪亮的嗓子。以前覺木隆藏戲團有位傳奇大師名叫米瑪強村，他在西藏樂論的基礎上鑽研古印度的七音品，對唱腔進行大幅改革。其造詣之高，有這麼一句俗諺：「聽到米瑪強村唱戲，什麼好東西都忘了吃。」據說他在室內高歌，房柱上的唐卡便顫動不已，窗玻璃轟隆欲碎；到戶外唱戲，方圓四、五里都能聽見他的聲音。

那時名角所到之處，無不受到熱烈歡迎。

第三幕：相思情重，公主與藏王夢中相會。

如同人類所有重要的戲劇傳統，藏戲同樣發源自巫術與祭祀。根據法國藏學家石泰安（Rolf A. Stein）在田野和文獻上的考究，八世紀時，最古老的白面具藏戲依然是一種近乎宗教儀式的儺戲。時至今日，康巴方言系統中的德格藏戲，也還保有羌姆儀軌的痕跡。如同《大日經義釋》第六卷所言：「一一歌詠，皆是真言；一一舞戲，無非密印。」

千年來，藏戲慢慢轉變為面對群眾、有故事性的戲劇形式。部分學者認為，這個世俗化的歷程要到一九五〇年代才算徹底完成。我想起所深愛的電影《霸王別姬》裡，段小樓訓斥程蝶衣的一句：「你也不出來看看，這世上的戲都唱到哪一齣了！」那正是文革將臨，戲班子拋棄舊社會戲曲，演出所謂革命樣板戲的時刻。當時統治者深知，戲劇作為一種鞏固權力的手段，可以重塑神話，告訴人們在新社會中的角色。不知你是否注意過，菊仙上吊之時，收音機裡沙啞聲音唱的「聽奶奶，講革命……」，正是來自八大樣板戲之首的《紅燈記》，堪稱整個時代的經典之作。

當革命之火燒上高原，各地戲團解散的同時，拉薩也在文化部指示下成立了毛澤東思想百人宣傳隊，樣板戲在結構、唱詞、服飾不容改動的前提下，勉強藏戲化了。作為保留了印度梵劇內涵的藏戲，或許自始至終沒有離開它宣揚宗教的本質。

改革開放後，傳統藏戲較為完整地介紹到中國內地。有篇一九八二年刊登在《人民戲劇》的文章是這樣說的：「沒想到西藏也有如此複雜的戲劇傳統，以前我們對西藏的印象，無非就是才旦卓瑪和大旺堆吧。」文中提及的那兩人，在內地人眼中可是名角中的名角。才旦卓瑪一曲：「毛主席就像那金色的太陽，多麼溫暖多麼慈祥把我們農奴心兒照亮。」以及大旺堆身為舊西藏農奴代表，在電影中反抗階級壓迫的光輝身影，都深深烙印在廣大中國人民心中。

我似乎想像得到，他們半京半藏的高亢聲腔唱著：「百花吐豔，新中國如朝陽光照人間。」

第四幕：公主將臨，藏王與百姓熱烈相迎。

始於長安，終於拉薩，這齣《文成公主》專注於隊伍跋山涉水的過程，期間以各種歌舞表演填塞，其實沒什麼情節可言。身為一類其心可議的觀眾，心底不免吐槽，面對不曾得見的藏王，公主竟然也能相思成疾，這股情感實在來得沒有道理。只能說某些時候，愛情也是一種信仰吧。

偏偏鐵齒如我，沒那麼容易接受信仰，所以也不解風情地翻了一些資料。和戲中相仿的是，西元六三四年，得知突厥和吐谷渾各自迎娶唐朝公主為妃，松贊干布確實遣使求親過。不過吐蕃小邦，想當然耳，唐太宗並不當一回事。松贊干布於是勃然大怒，先是出兵痛擊吐谷渾，再率領二十萬大軍進逼長安。雙方幾番交戰，最終以這場政治聯姻收場，得保往後數十年和平。

在善於粉飾的中原史觀下，和親乃天朝恩賜，異邦萬眾拜服。然而現實總是殘酷，我想文成公主離鄉之時，大概難以如戲裡那般對命運釋然吧。這時她也不知道，松贊干布會在三十七歲英年早逝，將來的日子，恐怕是相當寂寞了。

儘管不服氣，但總有人會說：「演戲嘛，何必認真？」沒辦法，現實和戲劇到底是兩回事，就像洛佩茲（Barry H. Lopez）在《北極夢》裡頭說：「他們真正關心的是，這個故事能給人希望嗎？能使生活中面對最糟糕局面的人們——無論是自身還是作為一個集體——去改變局面，繼續前進嗎？」

終幕：拉薩城歌舞昇平，漢藏民族和諧交融。

散戲時已是十點多，天空飄起雪來。出了劇場往停車場走，可以在階梯上完美眺望河流對岸的拉薩夜景——瑪布日山頂的布達拉宮被強光打得閃閃發亮，像一件博物館中的巨型展覽品。

回憶起來，這部戲或許確有可觀之處，否則謝幕時，掌聲不會如此熱烈。然而這情景浮現在腦海，卻和電影中的另一幕相互疊影：一九四九年的北平，唱的是不知道唱過多少回的《霸王別姬》：「如此妾妃，獻、獻醜了……」但這一回，程蝶衣卻唱岔了嗓子，憶及往事，驚懼地退了幾步。眼看是唱不下去了，段小樓深一鞠躬，欲道歉時，只見滿場解放軍整齊端坐，剎那掌聲如雷。

下到寂靜的停車場，我摸黑尋覓一番，終於辨認出札西的車子。敲敲玻璃窗，過一會兒，他睡眼惺忪地打開車門。

「戲咋樣？」

「挺有意思。」我說。

「有意思。」他發動車子，打開令人昏昏欲睡的暖氣。「有意思就行。」

第四章 雪雀

雪雀

1

縣上電影局的放映車終於來到這個小村落。

幾個月前，新電影下鄉巡迴的消息就在果欽村流傳，這是瑪洛鄉公路重修以後，鄉書記首先跟縣上爭取到的一項福利。這天一早，出外幹活的人們見了面就互相提醒：「晚上別忘記去看電影！」午後村民們提前停下工作，各自帶上家中的糌粑、乾肉和酥油茶，聚集到平時共同晒青稞的廣場。小賣部的阿姊抱來一個裝滿商品的籃子，兜售零食飲料之外，也藉機占據一個看電影的好位子。那些東西銷售一空時，太陽都還沒下山。

村裡小學下課後，曲吉和幾個朋友一直駐守村口，準備迎接電影車的到來。他站上牛舍高高的圍牆，頭戴一副從祖父寶貝箱子裡找來的面具。那面具呈倒水滴狀，深藍色表面鑲金貼綴，下緣綴以濃密白鬚，表情似笑非笑。因為比臉要大得太多，他只能歪斜地透過面具的左眼看出去。

「戴那個有意思嗎？」

「這是溫巴，戲開始前都要先出來說話的。」

「放電影的來了！」

灰白色麵包車沿新修的水泥路駛進村子，一群孩子大呼小叫地追在後頭，大人也紛紛出來張望。戴面具的曲吉跟不上其他孩子腳步，便拐了個彎跑回家。這時老人白瑪正坐在門口整理早上採來的數十隻蘑菇，他並不像對待食物，反而像對待寶石似的，將逐一洗淨的蘑菇按大小排成一列。蕈傘上水珠晶亮，一隻隻乾淨可愛。

「這麼多蘑菇。」曲吉在一旁看得入迷。

「大雨之後，蘑菇生得快也壞得快，這幾天只能吃蘑菇了。」

「阿尼，放電影的來了。」

白瑪停下手中活計，抬頭注意到孫子腰後掛的那副面具，要是早幾年，一定嚴厲訓斥他一頓——好的面具有自己的神靈，一個演員和那個角色的身、語、意要透過神靈才能真正連結起來。如果因為言行失敬而讓面具變成普通的面具，以後演起這個角色，怎樣都會少一點東西。自從多年前，最小的兒子也去外地打工後，他就明白，孫子總有一天會被接到城裡讀書，那之前多少要把藏戲最精萃的一些東西留給他。這小孩機靈，有悟性，就是太調皮了。白瑪盯著他一會兒，又低頭斟酌蘑菇的排序。「喔呀，晚點去。」

「現在就去嘛。」曲吉拉起他的手。

「你這小孩。」他只得將排列得那麼好看的蘑菇又混在一起，扔進籃子。他起身拿拐杖，戴毛帽，將曲吉腰間的面具取下，放他手上。「玩完記得收回去。」

來到廣場，高瘦的中年放映員正在做映前準備，村裡幾個年輕人七手八腳地幫忙架白布、拉電線、搬運音響和發電機。放映員原先指示放置數十張紅紅綠綠的塑料凳子，但村民們只是傻笑，屁股沒有移開的意思，於是凳子又全收在一旁。這樣的熱鬧，讓白瑪想起以前新年和雪頓節時，戲團下鄉也是如此光景——臨時搭建的白色大帳，正中懸掛藏戲之神湯東杰布的唐卡畫軸。當鼓鈸奏起，角色登場，滿場觀眾的眼睛便像火燙的星星一樣落在身上，那時誰不知道覺木隆藏戲團的白瑪文次？

放映測試時，好多年輕人圍著那組十六毫米膠捲放映機，研究上頭兩個車輪似的東西如何作用，偶爾動手擺弄一下。白瑪在一旁踮起腳尖，隔著人群圍觀，好不容易鑽到機器旁邊，本來也想碰一下，卻被放映員勸阻。

「電影在這裡面？」他將手收回來。「你想怎麼弄？」

對方只是點頭傻笑。白瑪想，這人連話都聽不懂，光會笑。

果欽村少數懂得漢藏雙語的人是在小學教書的亞嘎老師，一位年輕的援藏志願者。他用不甚流利的藏話對大家說，楊師傅很快就給咱們放電影，大伙兒先讓一讓。有人指指機器問：「這個，電影怎麼弄的？」亞嘎老師用藏話說：「先用機器把人收在帶子裡，楊師傅再把人放出來。」

眾人一陣驚呼，亞嘎老師趕忙安撫。「不要擔心，是假的。」

白瑪走到廣場前方，雙手貼著布幕亂摸。這時「砰」一聲，劇烈強光從背後熱熱地打來，影子清晰投射在面前。

「喔呀！白瑪，今天可不是你要表演。」底下觀眾嘻笑。

白瑪慌忙轉身，燈光亮得無法睜眼，腦袋一陣暈眩。他摀住眼睛，匆匆在廣場邊找了地方坐下。

小孩子跑到布幕前玩手影戲。

「別擋著其他人，電影要開始了。」亞嘎老師將孩子驅離。

機器傳出噠噠噠的聲響，影像閃閃爍爍浮現。白瑪提振精神，挺直腰背，準備對戲的內容做一番點評。首先放映的是《計畫生育政策》和《怎樣做人工呼吸》

的教育短片，聲光燦然，卻令他無從評論。再說沒有藏語發音，所有人只是傻盯著布幕，一頭霧水。主片開始前，亞嘎老師起立宣布：「接下來是一部抗日電影，只要知道說日本話的是壞人、說中國話的是好人，這樣就能看明白了。」靜默數秒，配樂激昂奏起，整個村子突然被拉進另一個風起雲湧的時空。電影的節奏太過快速，演員也說不上什麼唱腔或身段，這哪還是戲？完全就是活生生的世界呀。村民們看得心醉神馳，唯獨白瑪感到椎心刺骨的涼意，好像背上下起一場大雪。起先還懷著隱微的悔恨，最後只剩荒原似的無力感。

「殺死你！」每當小日本鬼子拔刀，中國人就咚咚咚倒地，讓村民哀聲連連，憤慨不已。曲吉戴著面具在觀眾間穿梭，等日本人揮刀現身，便舉起樹枝大喊：「殺死你！」聲腔維妙維肖，觀眾哄然大笑。

電影如此勾魂，沒有人注意到白瑪起身離席。

曲吉到了深夜才回家。

「電影怎麼樣？」火爐邊的白瑪停止誦經，放下轉經輪。

「很好看。」曲吉說：「阿尼沒看完電影嗎？」

「坐太久，腿不行了。」他看著自己雙腿。「來替我按一按。」

曲吉蹲在祖父身邊，揉捏他日益鬆弛的肌肉，按到痠處，白瑪便鎖緊眉頭。

「阿尼不要難過。」曲吉放鬆力道，改成輕輕拍打，試著安慰他：「楊師傅說，以後每個月都來給我們放電影。」

白瑪笑著搖搖頭，催促他上床睡覺，自己則坐在床沿繼續誦經。完成後，他將椅子上的溫巴面具收回倉庫，往火爐中添一些乾牛糞，接著摸索開關，將懸在屋子中央的燈泡滅了。

2

放映員離開這天，白瑪搬出倉庫中八件綠色木箱，將所有寶貝清洗一輪，晾在外頭。此刻院子裡掛滿戲服，地上盡是刀杖劍棍杯碗壺瓶，如同戲班子在進行無聲的排練——朗薩雯波、諾桑法王、智美更登。角色齊全，無人演出，是最後一次登場了。

本不該執著，回憶卻糾纏而來。他在衣林間徘徊，一件一件欣賞質料與做工，每一眼都是告別。這是王子，那是女妖，還有最精巧也最熟悉的那一套——松贊干布。雖然數十年沒演這戲，溫巴的開場詞依然刻在骨頭裡。

話說千年前，雪域高原誕生一位虔敬佛法愛民如子的法王松贊千布，有天夢見文成公主面若蓮花、身具芬芳、聰慧超群，乃最好的后妃之選。大臣聽得此夢諭示，便前往大唐漢地請婚。

他將戲服從繩子上取下，拈去幾絲棉絮，雖然舊了，也看得出曾經金碧輝煌。果然不可能忘記，或者說，連一天都無法不想起，那年藏曆土豬，嘉瓦仁波切逃往印度，戲團就此解散。當時的拉薩副市長王沛生，特別組織一個人民政府領導的藏戲團，包含他在內，召回四十多位從前覺木隆的演員，另外又招收一些黨政幹部和新時代文藝工作者為班底，延續了藏戲的最後一口氣。慶祝新中國成立十周年那天，他們跟著遊行隊伍參加獻禮演出，演的就是《文成公主》。

都多少年了，袍子竟然還穿得上。布料的氣息，沙沙的質地，沉沉的重量感——哎，有點兒不合時宜了吧。

吐蕃使團終抵長安城，唐皇尋思如此落後偏遠之小邦，豈可與我大唐平起坐？刁難問道吐蕃能否制定十善法？使臣取出藏王所授密函，只見金字漢文寫道：「唐皇要我實施十善法，我可用五千化身在一天內辦妥，只要允嫁公主不食言！」

在那恍惚年代，誰有餘暇為生命做出長遠打算？為了生活，只得演戲。彼時新編的現代戲逐漸取代傳統八大戲，改良布景、化妝、燈光、樂隊，從廣場戲發展成為舞臺戲。白瑪一度以為，藏戲會以新的樣貌輝煌重生，但六年後，文化大革命雪崩般傾覆一切。他被整編進毛思想宣傳隊，那演的已不能算是藏戲，空有情懷，沒有功夫。他私底下將四舊的戲服道具用草藥浸起來，偷偷埋在地下，如此便是二十年。

試走一個出場的步伐。動作細節，運腔轉調，身體果然不會忘記，只是多少有些使不上勁，看起來不太精神。再說，這張老臉呀。

唐皇安排公主藏於三百女子間，允使者選妃。知悉公主面若蓮花，眉間一枚硃砂痣；體味芬芳，身旁飛繞松石蜂。使臣即刻選中，高聲唱道：「吐蕃幅員廣，五寶集四方；敬迎唐公主，請妳細思量！」

改革開放後，最大的願望就是重新成立一個藏戲團，白瑪多次為此上訪鄉政府，請求國家出資經營。「老人家，別搞些沒用的事兒。」最近一次，不耐煩的鄉幹部一句話就如此回絕。他愣住了，以前可沒有人會這樣說話。後來他自行組織了幾場戲，但不到幾年時間，家中能賣的都賣光了，再也湊不齊一個完整的戲班子。現在自己就剩每月幾百元的國家補貼，以及八大箱精雕細琢的戲服道具。白瑪捧起松贊干布這頂金色王冠，在陽光下品味。除了正面鑲嵌的紅珊瑚和綠松石外，尖端還有個小小的佛頭雕塑，即便演出時沒人會注意，眉眼間的慈悲神情依然看得出製作者的用心。多美。

諸位豎起耳朵聽我講！慧具如來釋迦生，降伏魔鬼眾軍師，金色威武山之身，皈依朝拜法王啊！恭迎松贊干布出場，眾臣前面開路——

「老人家，一個人唱戲呀！」

大夢乍醒。村委會一位年輕人站在門口，右手提個布袋，裝著百來支小紅旗。他走進院子，對白瑪上下打量。白瑪倉促脫下戲服，捧在胸前，擦拭前額冒出的汗珠。「行行好，有事就說。」

「喔呀，是松贊干布。」年輕人露出白白的牙齒傻笑。

「沒事就請走吧。」

「有有有，是個大好事。」年輕人收斂笑臉，掏出兩隻小紅旗給他。「果欽村選上新社會主義農村建設示範點，過幾天縣上領導要來。你們是扶貧重點戶，可能會個別探訪。」他交代完便匆匆道別，趕往下一戶人家。白瑪走出門，快走遠的年輕人回過頭來揮手。他目視對方消失在小路盡頭。

白瑪順手將小紅旗插在大門兩側，回頭把戲服掛回繩子。這些東西再也用不上了，他已備齊上好的防腐藥，待東西處理過，晚點就託人送去金巴寺。白瑪回到屋內，坐在朝外的椅子上，懷抱一個裝青稞的小布袋。不管自己是否飢餓，他都習慣省下些許穀子施食給其他眾生，而今天準備的穀子比平時多了很多。

午後陽光照進來，他挪到明亮暖和之處，抱著散發穀物香氣的布袋，呆望屋外，有些乏力，便睡著了。

日光推移，白瑪感到一陣涼意，醒來時，聽見院子裡有人說話。望向窗外，黃澄澄的暮色中，角色竟自己演了起來，踏步走位，杯劍交錯，響起嘈雜的掌聲喝采——不對，只是風聲而已，戲服只是在風中翻捲。可確實有人的聲音。「曲吉。」他喊。一道身影在飄揚布片間時隱時現，沒有理睬他。難道又在犯妄想了？靜觀屋內片刻，低頭凝視掌紋，伸手搓揉穀粒。不是妄想，確實有個人在唱戲，是不是曲吉？白瑪放下布袋，走入院子，撥開隨風滾動的衣服，果然看見曲吉。

「孩子，你在這兒演的什麼角色？」

「亞嘎老師說，村子選上農村建設示範點，有領導要來學校拍電影，讓我抓緊時間多排練。」

「唱的是漢話？」

「亞嘎老師說，好好學漢話，以後有機會到內地城市當老師。」

「演戲也要用心，不能只是做表面樣子。」白瑪抓抓他的手臂與肩膀，感受那筋骨，忍不住嘆息。這樣好的身子，做什麼大概都是很好的。「晚點再練，先去倉庫幫我把毛主席拿出來。」

曲吉跑到倉庫，從櫃子後方拉出一幅木頭框的毛主席像。白瑪將它平放桌面，先用乾布抹一遍，再用濕布拭去塵灰。他取下牆上的達賴喇嘛像，將毛主席翻到背面，讓兩人背對背貼在一起，再用小鐵片固定住。達賴喇嘛的頭小得多，薄薄的沒有加框，從另一面看可以完全隱藏起來。他將頭像掛回牆上，毛主席在前面，達賴喇嘛在後面，左右還有十世班禪喇嘛跟十六世大寶法王。

「這幾天如果外面的人來，就把毛主席的臉轉向外面；沒有人的時候，把嘉瓦仁波切轉向外面。」

「阿尼，嘉瓦仁波切是好人還是壞人？」

白瑪彎腰注視孫子。「嘉瓦仁波切在外面是壞人，在家裡面是好人呀。」說完一吻他額頭，起身看著毛主席，動手調整位置。「知不知道，嘉瓦仁波切是觀音菩薩的化身。」

這時屋外一陣雜鳴，大群雪雀飛入院子。

白瑪拾起那袋青稞，給曲吉抓一把到院子裡餵鳥，自己則撒一點穀子在窗口，欣賞站在窗沿啄食的雪雀。每當穀粒啄盡，他就添得比前次多一些、多一些、更多一些……雪雀一隻接一隻飛來，窗邊毛絨絨擠成一團。有時先來的鳥被後來的鳥推入屋內，只得盤旋幾圈，從門口飛出去，再從窗口飛進來。雀群數量驚人，漸漸形成一條環形的封閉河流，在屋子內外輪迴往復。他停下動作，感到心跳突地加速，好像有一隻鳥飛進自己胸口猛烈振翅。他一瞥院子裡餵鳥的曲吉，小心關起門，從屋子中央將穀粒一撮一撮往空中拋。數百隻雪雀陸續受困屋內，圍繞他競相爭食。細微塵沙漫漫揚起，銀灰羽毛無聲飄落。雲霧似的空氣中，窗口射入的斜陽呈現幾道金黃色的流動軌跡，雪雀如魚群洄游在光的海洋中，閃耀著火焰似的鱗光。牠們的飛行輕巧敏捷，白色翅翼縱橫交錯，像一萬把羽毛做成的刀子，共同發出一種彷彿能割傷心臟的，讓白瑪幾乎掉下眼淚的美麗風鳴聲。他回過神時，手中青稞已經一粒不剩。鳥群找不到食物，不久便逆著日光的流向，從窗口接連飛出去。白瑪趕忙撿起拐杖往外走，但鳥群離去時，他連一次振翅的距離都追不回來。

雪雀飛遠了，院子空無一物，只剩遍地戲服道具。

他望向天空，發現唯獨有一隻雪雀，留在附近盤旋了幾圈，一會兒降落，一會兒起飛。他無法自拔地追隨那道飛行軌跡，直到牠安穩棲止在角落一只描金瓷壺的蓋子上，歪著頭，眨了眨眼。見牠沒有要飛走，白瑪輕手輕腳趨近，任由拐杖倒在一旁，展臂前伸，像是準備與什麼大人物握手。多麼可愛的小傢伙啊，唉。他盯著東張西望的雪雀想，多麼可憐的小傢伙啊……

逼近至觸手可及之處，他猛地向前一步，雙掌緊緊握住。

「阿尼，你在做什麼？」出去追鳥的曲吉回到院子。

「我們養一隻在籠子裡，好不好？就一隻。」

手中雪雀冰涼涼的，沒有動靜，僵硬地固定在那裡。

「拿不下來的，阿尼。」曲吉蹲下來，安撫一隻貓咪那樣撫摸祖父的背。「那是雕刻上去的。」

白瑪一點一點鬆手，發現自己握住的是蓋子做成雀鳥形狀的道具酒壺。他愣住，突然咧嘴而笑，轉頭望向曲吉，渴望他也能笑一下，只要一下就好。但曲吉只是像平常那樣，睜大一雙好奇靈巧的眼珠子，以為祖父就要告訴自己什麼。

3

這天，家家戶戶門前都插著小紅旗，像一片片安靜的火焰，在冰冷的風中輕輕顫動。孩子們在教室前頭掛上毛主席喇嘛像，外牆拉起「文明之花遍山鄉」的紅布條。

早飯後不久，領導們來了一個車隊，伴隨驚人的引擎聲，在鄰近村子來回奔波。其中除了政府官員，還有些電視臺記者。他們首先視察當地建設的工程質量，中午在鄉政府開了餐會，下午再到果欽村小學參訪。村民們從沒見過這般陣仗，好多人放下手邊工作，跑去教室外圍觀。

「學校結束就來你這兒了，準備一下。」

村幹部趕來通知時，白瑪早已穿戴整齊，石像一般坐在那兒。和許多老人一樣，這是他與日益洶湧的夢境對抗的方式。最近他總是凌晨就從睡眠中清醒，在闃寂黑暗的天空下撿拾一盆乾牛糞，回來生火、燒熱水、打酥油茶，再出去清掃院子。掃完如果時間仍早，就坐在椅子上等待天亮。

他們來了。

七、八輛車停在門口，下來幾個穿西服的男人，跟白瑪見過的鄉書記是一個樣子。旁邊一些扛機器的人不像領導，或許就是拍電影的。為首的人恐怕是領導中的領導，威儀不凡，油亮黑髮整齊服貼，腕上那塊錶好像會發光。他伸出雙手與白瑪相握，手掌厚實而溫暖。眾人進屋時，爐上熱水已經燒滾，桌上備好數套精緻漂亮的瓷杯。白瑪本來就要斟茶。「不用麻煩了。」領導扶他坐好，一旁機器拍個不停。領導指一下相機，白瑪順勢看向鏡頭。喀嚓。

有人搬來椅子，領導坐下，右手搭上白瑪肩膀。喀嚓。旁邊送上一個硬紙箱，領導接過遞給白瑪，卻沒有立刻鬆手。「來，看這裡。」手持機器的人啪一聲彈響指頭。

喀嚓。

「老人家，國家不會忘記任何一個人民，一定竭盡全力照顧你們生活。」領導透過身旁口譯這麼說，要他打開箱子看看。白瑪翻了翻，裡頭有各色新鮮蔬果，以及包裝漂亮的零食飲料。抬頭望向圍攏的領導們，一個個對自己展露笑顏，好像真的很開心。白瑪於是報以笑容。

喀嚓。

他們得到回應，微微躬身，似是要離開了。

「這是拍電影嗎？」白瑪倏地站起，忍不住開口：「聽我孫子說，你們要拍電影。」

領導聽了一旁口譯，露出和藹笑容，眼角擠出恰如其分的魚尾紋。「不是，這是新聞報導。老人家，您看過電影嗎？」

「看過一次。」

「您喜歡電影嗎？」

「嗯，我挺喜歡電影的。」

「是嘛。」他透過口譯說：「過幾天會有人來給您拍電影的。」

「啊，」白瑪頓了頓，恍悟似的喔了一聲。「那麼，真的不留下喝杯茶？」

「老人家真是太客氣了！」領導點點頭，依然轉身離去。車隊駛上水泥道路，揚起灰濛濛的塵沙。白瑪站在外頭揮手，直至對方隱沒在道路盡頭。

下午曲吉一回家，便纏著祖父，手舞足蹈地演示領導在學校視察的景況。白瑪笑而不語，他想這孩子雖然機靈，卻沒注意到祖父的耳朵老得太快，已經跟不上這樣的說話速度了。待曲吉把話掏乾淨，他才指指桌上沒用到的瓷杯。「一會兒把這些漂亮杯子還給多杰。」他用腳碰一下剛剛得到的那箱物資。「這些東西也帶上，要好好謝謝人家。」

這天以後，白瑪依舊凌晨即起，將毛主席擦拭得纖塵不染，面向外頭掛上。孫子出門上學後，他把椅子搬到屋外，鎮日如燈塔守候，午睡也不閉上眼睛。夜晚上床前，他才讓嘉瓦仁波切轉向外頭，以求短暫的安眠。如此折磨一個星期，他終於見到那個長久以來，在午夜夢迴時叩擊他心門的人。這人一大早便來到門口，舉一臺磚頭似的黑色攝影機，身旁帶著一位通曉雙語的藏族助理。

「你好，我們來幫縣政府的宣導短片補拍畫面，應該通知過了？」助理向他介紹手持攝影機的人：「這位是導演。」

三人走進屋內，期間導演不曾放下機器。白瑪瞥望那顆流動著神祕光澤的玻璃眼珠子，掌心冒汗。

「老人家一個人住？」

「不是，我跟孫子兩個人。」

「從什麼時候開始領國家補助的？」

「好像六、七年了。」

「在那之前是做什麼的？」

「我演藏戲。」

「演藏戲的收入不好？」

「以前演戲沒有收入，有的只是一些酸奶、果子、青稞酒什麼的，人們看完戲會送這些東西給戲班子，或者招待一頓晚飯。那時下鄉演出一回，大家都能分到很多東西。」

「那是好久以前吧？」

「喔，好久囉。」

提起藏戲，他便不再顧慮鏡頭，談及中年的經歷，談往年少的歲月。回憶的渦流強勁非常，將他捲入越來越深的時光深潭。他知道，每一個聲音，每一絲神情，都會被導演手中神祕晶亮的眼球看進去，看進機器的心底。接著會有楊師傅那樣的人，透過油亮亮的膠捲，噠噠作響的機器，讓它化為火燙的光，投影在另一個遙遠的時空。那裡將有一群人放下工作，聚集到廣場上，從天亮等到天黑，等待此時此刻的自己，穿越那扇白布的窗口，抵達彼時彼刻他們的眼前。白瑪說話的節奏越來越快，連呼吸都捨不得，助理起先還會請他暫停，一句一句和導演轉述，後來乾脆不說話了，導演也只是面無表情拍攝著。

「先到這兒吧。」導演舉手打斷，對助理說：「光說也沒意思，讓老人家唱兩句。」

白瑪又補充好一大段，才肯站起來。「我想想，先唱一段什麼好。」他沉思片刻，而後長袖一甩，扭腰擺臀走了幾個步伐，喉嚨迸出一句哀淒高亢的唱詞：

三個孩子是我心頭的肉，竟被活生生地割去啊！
為何這黑心的烏雲，要將陽光給遮蔽？

他的嗓子雖沒有年輕女子的細柔婉轉，表現幽怨的功夫依然爐火純青，畢竟以前女演員少，男腔「頗嘎」和女腔「莫嘎」可都是下過功夫的。他只是訝異，自己這把年紀還能有這般演出。甫收聲，便面對鏡頭說道：「這是《智美更登》裡頭，王子把三個孩子施捨給別人時，妃子曼達桑姆唱的那段『覺魯』悲調；要注意唱詞末尾的顫音『震古』必須拿捏得仔細，不能矯作，不能勉強，像那句老話說的：『珍珠般的旋律，配上金子般的震古。』總而言之，演戲的人不外唱、誦、舞、表、白、技六功——」

「老人家，我看這樣，」導演又打斷他。「你穿上戲服我們瞧瞧。」

「我再唱一段智美更登和妻兒分別前的戲，那是最感人的。」

導演在機器後方擺了擺手，動作如此決絕，他沒辦法唱下去。

「先穿上戲服我們瞧瞧。」

「那些東西前些天供養給寺院了，不然我們過去拍吧？」

「這樣的話，不用了。」導演耳語給助理一些指示。「說說你為什麼會拿戲服去供養。」

「看那些東西絕對不會後悔，寺裡喇嘛是我老朋友，肯定會讓你們拍。我馬上收拾東西，開車一下就到了。」

導演看了看錶。

「不用了，導演完全了解，那一定是很美的。」助理說：「只是我們更想知道，你為什麼把戲服供養給寺院。」

「因為用不到了。」

「怎麼說用不到了？」

「我以後不演戲了。」

「為什麼？是不是演戲沒法維持生活？」

「生活從來就不靠演戲。」

「那你現在生活靠的是什麼？」

「國家的一些補貼。」

「好的老人家，導演說，你的故事很有意思，我們要多錄幾段，挑選比較好的部分放進電影。能不能請你再說一說，不演戲以後，國家補貼怎麼幫你度過這段日子。」

白瑪服從對方引導，將類似內容重複講了幾次。

「好了，感謝你的配合，片子播映時會有人通知你們。」導演將機器收起來，拿出香菸遞給他。白瑪搖搖頭，導演走出門外，自己點火抽上。

「有點不明白呀，老人家。」臨別前，助理主動和他搭話：「怎麼就不想找個正經工作？」

「沒辦法，老了。」

「以前身體還行吧？」

「我是個藏戲師。」

「可現在沒有藏戲師，只有導演。」

「我就是個藏戲師。」

「是，拍電影的時候是。」

導演在外頭催促，助理一個鞠躬，連忙跑了出去。

4

降雪持續了好一段日子，施工團隊也已經離開村子。這裡冬天很冷，太陽很早沉落。每到傍晚，總有些村民跑上山坡，想目睹成排街燈同時亮起、照映在雪上閃閃發光的那一刻。

楊師傅已經來放過六次電影，上個月起因為雪季的緣故而暫停，據說春天以後也不會每月都來。除首演外，白瑪沒有再去廣場看過。他曾囑咐曲吉問問楊師傅，電影拍進去之後，可以放幾次？放多久？

「很多很多次。」曲吉說：「好像永遠不會壞。」

「永遠不會壞？」

「一輩子都不會壞。」

「是一輩子不會壞，還是永遠不會壞？」

曲吉一陣苦思：「應該是永遠不會壞。」

他妥協了。這段日子以來，已經不那麼恨楊師傅，不那麼恨電影了。

這天，他穿上最好的米白色氆氌袍子，衣襟鑲的是兩塊柔亮的水獺皮；腳踏皮革馬靴，腰間一條紅布金絲腰帶——那是前天到縣城淋浴間洗澡時，特別去店裡頭買來的。在鏡子前欣賞這一身行頭，不免訝異，步入老年後，似乎不曾這樣期待過一件事情。風光這麼一回，餘生還貪求什麼？出門前，他注意到客廳那幅好久沒有動過的毛主席像，取下來斟酌許久，翻過去看看達賴喇嘛，又翻回來看看毛主席。如此反覆數次，最後撥開小鐵片，兩幅一起掛上牆。

即使外頭依然下雪，白瑪還是一早就出門拜訪了幾位朋友，途中碰到人便高聲提醒：「晚上別忘了看電影！」

「老人家你也去呀？這樣大的雪。」

「自己演戲，好的壞的，自己批評。」他笑著。

才吃過午飯，他就催促曲吉一起去學校看電影。上回領導視察過後，縣上就給學校撥下一筆教育建設經費，在校長室搞了一臺電視機。而今晚要播出的，正是當時拍攝的那部片子。

校長室不如廣場寬敞，此時早已擠滿觀眾，桌椅都被搬到外頭。小賣部阿姊總是用她裝滿商品的籃子占位，只是生意沒有從前的好。早來的村民們圍著遠比電影布幕小得多、不過十多吋的螢幕，專心看著新聞頻道。電視沒有楊師傅放的電影看起來過癮，有時風雪太大，還會出現一波波雜訊，好像膠片給什麼人撕扯過似的。這時亞嘎老師就會出來拍打電視機，調整天線位置。

白瑪走進教室時，幾乎引起一陣騷動。人們注意到那身奪目的行頭，盛讚不已。他謙虛道謝，指向電視說：「專心看電視吧，別錯過什麼了。」

「喔呀，白瑪，你今天可是主角！」

「沒有的事。大家多批評，多批評。」

整點一到，亞嘎老師轉臺，節目正式開始。這是一部在新農村開展建設工作的紀錄片，全長二十七分鐘。開場先是一段高原風光，以及一長串村民們聽不懂的漢語旁白。果欽村出現時，畫面正跟隨領導下鄉，視察偏鄉教育情況。那位縣上教育單位的領導看似是臨時到訪，恰好碰上語文課。

「爸爸出門去種稻，媽媽在家織衣裳。」亞嘎老師朗讀，孩子齊聲複誦。

課後，領導依例上臺給一段勵志講話，並提出一道問題，點了坐在教室中央的曲吉回答。他起立，站得挺直，用一種刻意抑揚的誇張聲腔回應。村民們縱然聽不懂漢話，也被那樣子惹得哄堂大笑。曲吉蹲在電視前方，傻兮兮笑個不停。

亞嘎老師知道，領導當時點了曲吉，問的是：「小朋友，你知不知道，達賴喇嘛是好人還是壞人？」他教過曲吉正確答案，只是不知他又從何處學來那樣的表演。「達賴喇嘛是壞人！」曲吉一手叉腰，一手高舉，神情正義凜然。「達賴喇嘛是帝國主義的走狗！」

學校視察結束，他們便前往水利、電力、公路等建設點，訪問外地工班在高原長期施工的危險之處與思鄉之情。這部電影和白瑪想像中的樣子頗為不同，他有些不安，感到教室悶熱，背部出汗，於是鬆開腰帶，將左邊袖子脫下來。果然並不適合穿這樣的袍子，他想，現在還有什麼人會穿這樣的袍子？

領導戲份結束，輪到村民們登場。那位藏族助理現身，訪問民眾新社會主義農村建設帶來什麼樣的生活轉變。這裡開始大家聽得懂了，在座村民若在螢幕上現身，便會不好意思地傻笑，受眾人調侃。幾段訪問結束，又是長長一串漢語旁白，背景響起藏歌配樂。他知道，影片很快要結束了。白瑪將兩邊袖子都脫下來，裡頭是一件淺黃色絲質襯衫。他把手伸進領口拭汗。

等到最後一個鏡頭，自己終於出現了。畫面正中央，老人獨自坐在家中椅子上，斜斜的日光讓皺紋格外分明。他驚覺自己竟然這麼老了。那是個在場觀眾都不會忘記的長鏡頭，沒有助理，沒有動作，沒有對話，只有當聽不懂的漢語旁白停下來時，老人才終於開口。

「我們以後不用再演戲了。」說完停頓片刻，對鏡頭咧嘴而笑。

第五章 定義地方的邊界

神山

藏曆十二月三十日深夜，哇宗村所有居民正準備共同老去一歲。

我翻開筆記本坐在客廳，百無聊賴地觀察人們忙進忙出：佛前，老祖母在火上熱一壺酥油，融化後添進一盞盞黃銅燈座，安上燈芯，卻沒有點燃。她另外插上電子酥油燈，讓火光依照固定模式閃動。才合道拆開幾箱漂亮的蘋果、香蕉、葡萄、梨子、柑橘，疊出七份華麗豐盛的果盤，再拿出瓶裝綠茶、雀巢咖啡、百威啤酒、RIO雞尾酒，配上糖果餅乾核桃熟豬肉，在佛前建成七座具體而微的食物之城。

將近十一點時，家裡年輕人放下手邊工作，各自穿上厚重禦寒衣物，背包鼓脹，整裝待發。娜拉草見我不知所措，叫我趕緊把手套和帽子戴上，準備出門去了。

「去哪？」我問。

「神山呀。」她說：「去拜火喔。」

雖然不明白是什麼意思，但我仍跟著離開屋子，在寒風中跨越一條冰凍小河，來到山谷彼岸，繞行小廟三圈之後往上走。彼時冷風強勁，石坡陡峭，沒想到高原的黑夜這麼黑，手機光源連照路都很勉強，索性關了，將步伐完全託付給土地。走到幾乎喪失方向感時，我本能地停下腳步，回望被山的手掌輕輕捧著的村子。這才注意到，沿途浮現許多搖搖晃晃的微弱燈火，如一群星星匯流成河——那些是別戶人家的青年，他們也正陸續前來。

沒有月的除夕夜，漫步於傾斜的銀河，看不出山有多高，看不出自己身在何處。不久後，晚來者趕上先行者，數十名年輕人聚成同一支隊伍，繼續朝向遙不可見的山頂進發。偶爾走累了，他們會停下聊天，拿鞭炮四處燃放，聽不懂藏語的我只能在一邊拚命喘氣。體貼的娜拉草在黑暗中叫喚我，說眼前這座山名叫阿尼達夏，是村子自己的神山，年輕人平時在外地工作，過年回老家都要上去祭拜，祈求保佑。家裡準備的那些東西也要等山神吃過，我們回去才可以吃。娜拉草向漆黑伸手，說那個、那個、那個，都是神山，都有名字。我眺望所指方向，卻什麼也見不到。

提到神山，人們或許會先想到西藏著名的四大神山：西方雅拉香波、北方念青唐古拉、南方庫拉日傑和東方沃德貢甲，這四者又和另外五座大神山合稱為「世間九神」。祂們地位最高，領域最廣，是整個山神體系的核心。在此之下，則衍生出數以千計的從屬神山，層層統御，形成類似縣市、鄉鎮、鄰里這樣的階序制度。早期氏族、部落與部落聯盟會透過共祭山神，確立一套混合血緣與地緣關係的社會秩序。當部族因征戰而強盛或滅亡，也會連帶影響神山地位的消長。

山神信仰來自遠古時期的自然崇拜，起源已不可考，但西元前五世紀，一個系統化的宗教在高原西部的象雄王朝誕生，名為苯教。苯教深信萬物有靈，視巫師為人與神靈溝通的媒介，能夠占卜吉凶、呼風喚雨，因而與王權密不可分。到了七世紀，松贊干布一統高原，轉而推行佛教，即遭苯教勢力強烈反對。古籍《西藏王臣記》以這樣的語言記載：大昭寺即將竣工之際，松贊干布發現佛寺西南方有鬼神聚集，一名食人鬼說道，凡皈依三寶者，我將害其生命，降下瘟疫與饑荒。

佛苯鬥爭延續一個世紀，雙方勢力時有消長。到了八世紀，赤松德贊獨尊佛教，從印度請來寂護大師入藏弘法，再度引發苯教徒群起反抗。恰巧那時吐蕃正值災荒，文獻寫道：「念青唐古拉雷擊紅宮，雅拉香波水淹旁塘，永寧地母施放瘟疫……」反對者順勢將之歸罪於佛教。寂護無能為力，建議藏王迎請當世最偉大的神通者、烏仗那王子蓮花生前來除魔。傳說蓮花生自印度進藏，足跡所至之處，山神地母盡皆降伏。若以歷史語言描述，則是蓮花生為求吐蕃臣民容易接納，在大乘佛教的基礎上保留苯教儀軌，將既有神靈轉化為佛教護法神。

為根除苯教勢力，赤松德贊召開了一場辯論會，由寂護、蓮花生、無垢友等人與苯教代表論辯教理，決定何者更為出色。苯教向來以占卜、咒術、儀軌為核心，當然比不上佛教能言善道，最終大敗。藏王於是頒布命令，今後不再奉行苯教，將其經書投入河中銷毀。

雖然失去政治勢力，但苯教的泛靈信仰在西藏依然處處可見。高原浪遊這段日子，每回聽聞神山的故事，或見到信徒不辭千里地朝聖，都讓我感覺一座山除了地理特徵之外，似乎隱含著更深邃的什麼。但誠實的旅行者會知道，缺了一把意義的鑰匙，就無法真正進入那個文化建構的精神空間。無論你如何將其拆解，得到的只是一堆畸零破碎的符號罷了。

「等等拜火的時候，大家會在心底許下願望。」娜拉草對我說：「你也想一想喔。」

我也能許願嗎？這時倒想起一位藏族朋友曾提醒我，到寺廟拜拜時，自己的事情可以求護法神，祂們跟人很像，只是擁有人所沒有的能力。但不能求太多，要是被護法神看上，死後會被留在身邊而無法投胎。所以大的事情就求佛菩薩，求多少都可以，祂們跟人完全不同，是高好幾個境界的。於是我一面走一面思量，不算很大又歸山神管的事情都是些什麼？不覺來到山頂時，已走了將近一個小時。

山頂有座插箭臺，掛滿五彩經幡。青年們拿出背包裡的乾牛糞，在那底下堆出中空的塔，內部填塞松枝柏枝。看看時間，距離十二點剩十多分鐘，眾人情緒高昂地點燃煙火，爆炸瞬間出現千分之一秒的白天；聲響自群山嗡嗡迴響而來，冷風陣陣刮去硝煙氣味。十二點整，火堆猛然升起，吐出洶湧濃煙。青年們不斷澆灑食物、飲料、白哈達，烈焰一次又一次噴炸。我們順時針繞行箭臺，手持大疊風馬——那是印有神馬的小紙片——在強光和巨響中一面拋撒，一面大聲呼喊。

「風馬高飛吧！」我喊出這藏語禱詞的第一句，身旁無數白紙如同月亮的碎片，在黑色的風中四散消失。

碩鼠碩鼠

那幾天閒來無事，我在村子周圍漫步，發現許多斑塊狀下陷的裸露地，如雲朵散布山間。有些裸露較嚴重的區域，甚至會塊塊相連，使殘存草地成為漂浮的孤島。很顯然，這是草原衰退的典型地貌。

這些地方看似貧瘠，卻不能說毫無生機，最起碼，你會見到許多拳頭大小的地洞，洞口守著一名毛茸茸的哨兵——前肢懸空，後足站立，兩隻咕溜溜的小粉圓眼睛緊張地打量一切。這些傢伙名叫高原鼠兔（*Ochotona curzoniae*），是青藏高原特有種，在分類學上屬於兔形目，而非嚙齒目。易言之，雖是鼠頭鼠腦的模樣，骨子裡還是兔子。

此時二月，是一年中最嚴酷的季節，但鼠兔依然活躍，能憑洞穴中貯藏的草料度冬。待五月左右暖季開始，牠們會快速繁衍，入秋時到達密度的高峰。當一個地方鼠兔盛行，通常代表植被低矮稀疏，毒雜草取代牧草成為優勢種。有個流傳的說法是，五十隻鼠兔取食的草料就相當於一頭綿羊，因此在許多人眼底，鼠兔不只吃光牲畜的食糧，更是環境退化的元兇。

或許從人類學會馴養動植物以來，就注定要與這些食草動物為敵，雙方爆發一波又一波浩大戰役。近代中國最具代表性的一役，莫過於一九五八年雷厲風行的除四害運動，官方稱之為：「人類征服自然、改造自然的歷史性偉大鬥爭。」那時懷著大躍進的滿腔熱血，全國上下忙著滅鼠殺蟲，誓言讓中國每一寸土地「沒有老鼠、麻雀、蒼蠅和蚊子」。當這股風潮吹上高原，鼠兔便成為最大的反動敵人。基於佛教信仰，藏族牧民不像漢族或回族那樣積極響應，因此政府要求牧民完成指定任務之餘，也召集工人、民兵、共青團，拿著毒藥、鼠夾與炸藥奔赴前線，日日清出數以萬計的鼠兔屍體，一卡車一卡車運送到荒地掩埋或者焚燒。至二〇〇六年，青海已有將近三十六萬平方公里的草原（大概十個臺灣的面積）被施放毒藥，許多以鼠兔為食的動物也遭受牽連。

「人人動手，讓麻雀上天無路，老鼠入地無門，蚊蠅斷子絕孫……」那年人們高舉標語，敲鑼打鼓地射麻雀、毀鳥巢、掏鳥蛋時，真正的害蟲反而因為失去天敵而大舉肆虐，引起嚴重饑荒。經生態學者建言，黨在一九六〇年同意做出修正，將四害改為老鼠、蒼蠅、蚊子和蟑螂。麻雀沉冤得雪。

為鼠兔平反的聲音則遲來許多。一九九九年，史密斯（Andrew T. Smith）和福金（J. Marc Foggin）發表一篇深具影響力的文章，指出高原鼠兔是高山草原生態系的關鍵物種（或譯作基石物種，keystone species）。意思是，牠們在生態系中占據不可取代的地位，若是數量銳減甚或消失，將對生態系功能或群聚結構造成毀滅性的影響。

鼠兔之所以被視為關鍵物種，很重要的一點是其生態工程師（ecosystem engineer）的角色，這類物種能夠創造、維持或改變自然地景。最經典的案例就是北美的草原犬鼠（或稱黑尾土撥鼠，*Cynomys ludovicianus*），這種囓齒動物曾遍布美國西部大草原，會挖掘結構巧妙、通風良好的地洞。如此形成的複雜微棲地能維繫植物多樣性，並提供穴鴞、爬蟲類、節肢動物生存。高原鼠兔也是如此，廣布於三江源地區的白腰雪雀、棕頸雪雀、地山雀等鳥類，都必須利用鼠兔洞穴才能築巢。一旦鼠兔滅殺殆盡，洞穴崩塌，往往導致雪雀局部絕跡。

除了與牲畜競爭草料外，鼠兔還背負另一項冠冕堂皇的罪名——大量挖掘地洞導致土壤裸露，侵蝕加速。對於這項根深柢固的論斷，史密斯和威爾森（Maxwell C. Wilson）幾年前又進行一項實驗，測量鼠兔活躍區和鼠兔滅殺區的草地滲透率，結果顯示，活躍區的滲透率遠遠高於滅殺區。以生態水文學的觀點來看，說明夏季出現高強度季風雨時，洞穴能讓降水快速滲透，局部逕流減少，緩解下坡受到的侵蝕壓力。反之消滅鼠兔則會弱化草地滯洪能力，讓下游流域承擔水患風險。

如今學者已逐漸形成一種共識，認為晚近鼠兔密度的增加，更像草原退化的後果，而非起因。有一種說法認為，鼠兔之所以偏愛低矮稀疏的短草地，是因為更有利於躲避天敵。總的來說，在草原退化嚴重的地區，控制鼠兔數量確實能加速草地恢復；但在退化程度不高或相對健康的環境，執意滅鼠反而不利於長期發展。那麼追根究柢，問題還是必須回到半個多世紀以來，青藏高原的草地為何日益退化？相關研究一般分為兩派陣營，一派關注全球暖化與降水減少等自然因素，一派強調土地利用與放牧行為等人為因素。若要細究，兩者又與生態、政治、經濟、歷史等議題糾纏不休，牽扯出更多複雜難解的故事。

日頭低斜，行經荒涼的黑土灘，放眼盡是警戒佇立的鼠兔，地面因而投下星羅棋布的小小黑影。我沿山谷繼續漫步，踩下的每個步伐都嚇得鼠兔四處逃竄，雪地上密密麻麻全是拖著尾巴的細小足印，如同一場流星雨。

放羊的日子

年可以不過，羊不能不顧。年初五，我就跟才合道回牧場去了。

放羊的一天通常是這麼開始的：炕邊有扇窗，每天清晨日光撲面，才合道會先起床燒水，貓咪乘機竄進棉被享受餘溫。外頭實在太冷，我一般會耍賴幾分鐘，等四周暖和才勉強睜眼，接著翻身下炕，拿臉盆盛一些熱水刷牙洗臉。才合道出去給羊餵完草料後，進屋還得餵我。他會弄兩碗酥油糌粑，擺一盤硬得像木頭的麵包，再倒些瓜子。「momo 吃啊。」他說。我從來都不確定意思到底是「饃饃吃啊」還是「慢慢吃啊」，反正我就是慢慢吃著饃饃。

「小時候都吃酥油糌粑，不懂饃饃。」他認真咀嚼著說：「現在什麼都有了。」

十點左右，我穿起藏袍，纏上頭巾，到外頭打開羊欄的柵門。

牧場有兩百多頭羊，分成三群：第一群是產羔的母羊和小羊羔，具有最積極的生產意義，因此早晚有權多吃兩頓青稞稈；第二群是遊手好閒的公羊，待遇比較差，只能在山上自討草吃；第三群則是生病的羊，被隔離在山丘另一側勉強活著。最後還有幾頭自律又堅強的犛牛，一早放出去，傍晚自己回來，不用人管，也沒什麼天敵。

才合道交代給我的是那群公羊，工作相對簡單，每天就是帶上相機、望遠鏡、筆記本和一條拋石繩，遵照指示將羊群呼嚕呼嚕趕出去。像我這種工讀性質的牧童有兩個基本功能：其一是讓覬覦羊群的獵食者忌憚，其二是指揮羊群移動。羊的性格傾向聚集與躲避，好像心底長著一株含羞草，因此趕羊的方法很簡單，你從一方靠近，牠們就往另一方滾走，像一隻巨大的軟軟的腳在踢一顆巨大的軟軟的皮球。這需要一點耐心和節奏感，如果放任不管，羊群會亂滾並散開，甚至分裂成好幾個小群體。反之也不能太急，羊是來吃草的，光走路就沒意思了。如果你發神經把羊球一腳踢飛，牠們會滾得很遠很遠才慢慢停下來，累的可是自己。所以基本原則就是維持穩定，秩序，秩序。

講得有點複雜，其實唯一的訣竅就是順著羊的步調走，牠們早已養成規律，知道自己什麼時間要幹些什麼。須留意的是，這個谷地由村裡幾戶人家共用，沒有釘圍籬，各自領域以山丘為界。有時移動路徑和他人重疊，最好小心錯開，以免羊群失控混在一起。雖然從屁股和角上的噴漆可以區別所屬牧戶，但仍會增添不少麻煩。

放到差不多的位置後，我通常找個地方睡一會兒，或者挖挖石頭、讀讀書、跑到山丘上收發手機訊息。這樣的閒散時光一天至少有六個小時，日子堅硬如石頭，讓人不知如何消磨。有時用望遠鏡看著山谷另一頭的禿鷲，看著看著，就過去了好長時間。

「咕——嘎啦嘎啦！」當我這麼呼喊，脫隊太遠的羊隻就會咚咚咚咚回來歸隊。

如果只是這樣，就太小看放羊這回事了。

要想當個真正的牧羊人，至少得先學會辨別草種。從羊的角度來說，草分成兩大類：一類是以禾本科和莎草科為主的可口牧草，一類是像甘肅馬先蒿、黃毛棘豆、矮火絨草之類讓人討厭的毒雜草。作為羊群領導者，必須熟悉草場內的地形、溫度、風向、降水等環境因子，歸納植群結構的時空規律，藉此進行各種決策——首先按年齡、性別、生理狀態規劃羊群，決定每天使用的草區；在更大的時空尺度下，則要調整不同季節的轉場搬遷模式。如果這樣仍然不足，就得調度外部資源，也就是預判下一季的需求，考量出租或承租部分羊群和草場，和另一個精打細算的牧民協商契約內容，各自追求最佳生產效率。

從七千多年前馴化犛牛、三千多年前引入綿羊以來，牧業就逐漸成為青藏高原初級消費的主要力量。如果放牧過於密集，會導致植被高度和覆蓋度下降；反之若缺乏利用，也會讓牧草演替成矮灌叢。這兩者在羊的眼中都是荒蕪。一個好的牧羊人既是環境的聆聽者也是傾訴者，牲畜是溝通的語言，草原是複調的歌。你必須感知環境流變，隨時靈活回應。就像曖昧情人彼此試探心思那樣，無法躁進，也不能裹足，那是一種急於界定什麼就會立刻窒息的脆弱關係。

然而沒有任何關係是永恆的，半個多世紀前，西藏原有的社會結構迅速崩解，新秩序組織人民公社，以生產隊為單位管理牧場。彼時乘著革命風潮，不斷強調增產、增產、再增產。那些出身農業社會的掌權者深信，閒置土地是一種不可饒恕的浪費，於是打著「牧民不吃虧心糧」的口號，大舉毀草種糧。結果作物產量極低，被人描述為：「種上一片，收上一車，打上一簸箕，吃上一頓。」

高寒草原的生態結構脆弱，一旦崩潰便難以挽回，許多當時遺留的黑土灘至今依然寸草不生。為了收拾集體化時期留下的殘局，一九八〇年代後期，國家推動私有財產制，試圖透過劃定邊界、草畜分配到戶，解決生態學家哈汀（Garrett J. Hardin）警告過的公地悲劇（tragedy of the commons）。不過這系列土地政策依然沒有克服農業思維的盲點，反而繼續加強放牧的時空限制，結果草地還沒恢復，鼠兔卻逐日增加。到了二十一世紀初，新興的生態焦慮在社會中蔓延，政府轉身就將草原荒漠化的罪責丟給牧民，指責他們缺乏先進環境知識，固守陳舊生產習慣，只想自私地擴大畜群。如此簡化地描繪出敵人形象，對付的方法也就呼之欲出了——讓遊牧退出草原。

十多年來，中國持續推動人類史上最大規模的植草造林工程，同時將數以萬計的牧民遷出草原，送到如雨後蘑菇般四處林立的嶄新小鎮生活。我這趟旅程自西藏伊始，途經四川、甘肅、青海等地，經常在公路兩側見到整齊劃一的人工林，一旁掛上繼承革命遺緒的標語如「綠水青山就是金山銀山」、「能致富光榮，戴窮帽可恥」，儼然成為中國西北最典型的當代風景。

在我們小屋後頭，也有一片類似的山坡地——五、六十公尺的區域內栽種了百餘株矮樹，高度參差不齊，種類也不一致。後來我才知道，那並非國家規劃的造林地，而是才合道擅自栽植的。其中一部分是從苗圃買的杉樹，一部分是山上偷挖的雜木。林子前頭還立一塊石碑，用漢字刻著「生態造林」四個字。他告訴我，這幾年有很多人家的草場被國家收回去種樹，他們拿了補貼，就能進城展開新生活。「像我們這樣的最辛苦。」他不曉得是羨慕還是嫉妒，指著自己胸口說：「我六歲開始放羊，沒機會念書，一輩子待在這裡，出不去了。」

傍晚時，我偶爾見他拉條水管，跑去灌溉那片小小森林，心底期待哪天領導下鄉視察，被評個勞動模範什麼的，也許就有機會離開這塊苦寒之地。他談起飄浮的夢境，臉上靦腆的、喜孜孜的神情，卻讓我想到自己也曾陪一位藏族朋友去過牧民新村——那神話般的應許之地格局方正、秩序井然，但基礎建設停擺，形同廢墟。那朋友和許多老鄉一樣，儘管分配到新式房舍，還是選擇在牧區居留。當時開車過去，只是想拆些鐵鋁材回家用而已。

當領導長鞭一揮，人們就不得不在離家與返家之間徘徊，彷彿流離才是歸屬。

平常到了下午五點左右，放羊鄰居們便會慢慢聚攏羊群，沿著同一條山谷歸返。彼時羊群踢起沙塵，夕日下如一朵正要成形的雲。

這天回家時，才合道正蹲在門口為羊羔剝皮。許多新生羊羔沒能熬過寒冬，只留下一張皮子乾乾癟癟地晾在圍牆上頭。我進屋簡單梳洗，拿個臉盆，將糌粑摻水捏成小球，餵給剛分娩完的母羊吃。

晚上吃飯時，才合道神神祕祕地問我有沒有搞對象？我搖搖頭，他便用手機分享一張妹妹穿著傳統藏服的照片，問我：「看看，漂不漂亮？」

不說客套話，無論誰來看，娜拉草都是非常漂亮的人。

「給你要不要？」

「給我？」

「牧區很多姑娘都喜歡嫁漢族的呀。」

「是嗎？」

「對，漢族男人也喜歡嘛，從外地來看到漂亮的就帶走了。」他說：「然後換你給我找個臺灣媳婦兒唄？」

我尷尬笑了笑，看著照片想說點什麼，想得太久，陷入沉默。

「有人聊天就是好。」他收起手機，用筷子敲敲碗。「平常一個人，飯都吃不下。」

吃飽後，才合道會躺在炕上看電視，最近有部講東北話的連續劇，常讓他笑得吼吼作響。電視看完，他拾起一把四絃琴，自顧自彈唱了幾曲。十點多，我們把屋內收拾乾淨就要睡了。睡前他會打開櫥櫃上層的小神龕，看一眼老毛和達賴的照片，呢喃幾句，關掉整天播放佛經的錄音機。待我上炕，他往火爐中添滿牛糞，便關了燈。

床鋪很窄，我倆手臂挨著手臂。他的鼻息吹在耳邊又濕又熱，有股羊脂腥氣。

「兄弟，臺灣在什麼地方？」

「很遠，在海的外面。」

「那邊工資咋樣？」

「六、七千吧。」

「包吃住嗎？」

「不包吃住。」

黑暗中的他頓了頓。「帶我去臺灣行不行？」

「你想去打工？」但我知道藏民通常申請不到護照。

「我想去遠一點的地方。」

「如果能來的話，我會盡量幫你。」

「對對對，朋友就是互相幫忙。」他起身又拿手機，說想在朋友圈發我倆的合照，要我寫句話，啥都行。我拿過手機，想了想輸入：「帶臺灣朋友回家過年。」

他看了看，問我寫什麼？我說帶臺灣朋友回家過年。

「嘿，這樣好。」他將手機擺一邊，躺回床上問我：「你以後還回不回來？」

我說會吧。

「來瑪洛就聯繫我，下次給你宰羊！」

我說好。

「哪天輪到我進城，瑪洛也不待了，就跟你去臺灣。」

我不敢說好，也不敢說不好。

「臺灣也放羊嗎？」他問。

「沒有。」我說：「臺灣已經沒有草原了。」

對一個熱帶海島的子民來說，要在空氣稀薄的高原熟睡相當困難。他安靜後，我試著不再胡思亂想，努力進入夢境，養足精神，明天又是放羊的一天。

看金師

有時我幾乎忘記，在眾人視野之外，還有一群生病的羊。

那天放羊時，我注意到手下有隻年輕公羊與群體格格不入，要不是脫隊，要不就是頻頻與羊擦撞。告訴才合道，他緊張地說那是病的苗頭，必須立即隔離以免傳染。於是當天傍晚，我揪出那頭羊，隨他前往半公里外一處地形封閉的山溝——這地方如同祭壇，立著一、兩百根木樁，各自用七、八公尺長的牛皮繩綁住一頭羊，保持互不侵犯的距離。皮繩範圍內，草地被啃成荒禿的圓，還有力氣的羊努力伸長脖子，用舌頭挑動最外緣的小草；死去的則是倒在木樁旁，下顎緊咬皮繩，紅色眼睛底下印著兩行乾涸的淚。

才合道為一頭死羊鬆綁，屍首拖到一邊，再將繩子套上我帶來的羊。「牠們身上有些不好的東西。」他說。

這種詭異的病要從前年秋季說起。有天晚上，鄰村一位年輕牧羊人整夜沒有睡好，夢到有人拿石頭不停打磨一個鐵塊。天亮時出門放羊，他注意到好幾隻羊的身上染了血跡，並發現血都來自一頭拚命啃咬欄杆的公羊。那公羊眼布血絲，鼻孔流黃，牙肉都咬爛了，地上還散落碎牙齒。看來是生病了吧，但不知道是什麼病，牧羊人只好給牠打抗生素，餵點柔軟的糌粑團，再一如往常地把其他正常的羊趕去吃草。

年輕人隔天依然沒有睡好，這次夢到一大群人用石頭打磨一個鐵塊。深夜，他拿手電筒出門查看，發現七、八隻羊都發狂似的啃咬金屬管，四處散落碎牙齒和血跡。他馬上想到兩種可能性，第一種是羊群染上了傳染病，第二種是牧場受到詛咒。後者實在太可怕了，所以他先往傳染病的方向思考，認為必須把得病的羊隔離出去，也要防止牠們咬壞嘴巴。他嘗試在羊嘴裡塞一顆橡膠球，但這方法有兩個問題，第一是塞了橡膠球的羊沒辦法好好吃草；第二是嘴巴雖然不能咬東西，但羊會用頭到處亂撞。最後他決定拿加粗的牛皮繩把發瘋的羊拴在木樁上，這樣牠們就只會咀嚼堅韌的牛皮繩，徹夜發出「激激激激」的聲音，但不至於咬壞嘴巴。

類似病例緩慢而穩定地增加，跨過一個又一個村子。去年，鄉政府開始重視此事，從西寧請來一位經驗豐富的獸醫到牧場診斷，診斷結果也是生病，也依然不知道是什麼病。在村民來看，牲畜的疾病和人的疾病沒什麼兩樣，必須綜合考慮日照、霜雪、草地、飲食等條件，甚至觀察土壤氣味與河流色澤。追究至人心窮盡之處，便歸屬神靈範疇。

於是當十多個牧場同時出現病例時，牧民們終於不得不往詛咒的方向思考。他們開始找活佛到牧場唸經，把聖水滴進羊的鼻孔，但問題沒有解決。很多人指責是外地來挖山的人得罪了神靈，才會降下懲罰。鄉政府雖斥為無稽之談，但為安定民情，依然組織一次大型活動，資助牧戶前去祭祀安多神山之首、果洛最著名的阿尼瑪卿神山。此後確實有一段時間不再增加病例，然而夏天一場大雨過後，又有新的村子淪陷，甚至連牛也出現症狀。這讓詛咒論者更加堅信，挖山的人已經偷走山神的寶藏，祭祀只能安撫，不能治本——先是莊稼枯萎，動物遇到不好的事，再來就輪到人們受害。當然鄉政府不再理會那些說法。

「挖山是怎麼回事？」你若敲開對方心門，繼續追問，村民便會將記憶倒轉回多年前，看金師來到瑪洛的那一天。

那天，鄉政府突然提出豐厚酬勞，徵求幾位牧民當嚮導，帶領遠道而來的看金師和幾位助手進山探查。每到一個地方，那些人就拿出儀器和文書做紀錄；有時拿槌子敲下岩石，捧在手上端詳，像在進行心靈對話。瑪洛以前沒有這樣的人，在牧民認知裡，這是屬於漢地的巫師，具有嗅出地下金礦的獨特天賦。看金師離開幾個月後，道路工班進駐瑪洛，將過往破破爛爛的公路修得平平整整。接著出現一個工程團隊，先在山的身上炸出幾個坑洞，再交由礦工深入挖掘。

放羊的空閒時光，附近牧民偶爾會跑上山丘，看幾輛東風卡車在礦山和縣城間來回奔波。雖然有股無以名狀的緊張，但仍摸不著頭緒。直到秋天雨水枯竭，鄰近寺院發生了幾次沙塵暴，整個佛殿鋪滿黃沙，大家才意識到挖山的威脅性。居民們迅速成立跨村落自救會，決議設置路障，阻擋外地人進入。這迫使鄉政府召集自救會與業者代表進行會談，後者立書承諾會做好環境保護工作，決不侵犯神山領域，並在報告中反覆描繪小康社區的美好願景。然而問題過一陣子仍不見解決，居民們認清那些文字遊戲只是拖延手段，終於跟業者撕破臉。最後一次會議中，他們得到令人絕望的結論：「本來就是國家的東西，你們可不要太貪心了。」

溝通失效，自救會的路線也發生分歧。保守派擅自與業者進行利益協商，激進派則抱著魚死網破的決心展開抵抗。鬧得最大的一次，甚至動用武警進鄉鎮壓，造成多人死亡。國家急於收拾，只好將遺體就地掩埋，但藏族不接受土葬，所以屍首又被人挖出來，送到寺院唸經。

礦山僅僅運作三年，工程隊便撤出了，幾個月後，鄰村出現第一起羊隻發瘋的案例。現在哇宗村一旦出現病羊，大家都會帶往同一處山溝隔離，運氣好的話，城裡偶爾會有人來低價收購，否則就是靜待死亡。不過相關消息只在當地流傳，網路上查無資料，彷彿有隻巨手想把瑪洛從地圖上抹除似的。

藏曆正月十三，我整理完手上的訪談筆記與地圖，告訴才合道，過兩天想自己到廢棄礦山去看看。他神色為難，問我是不是要借摩托？我說沒關係，我可以用走的。這次想依循河流的步調，而不是公路的步調。

雪會記得哪些事？

出行前夜，我在燈下打開筆記本，除了日期外什麼都寫不出來。旅行者一個永恆的矛盾就是，那麼想貼近一個地方，卻在漸漸熟悉後感到乏善可陳。異域的魅力根源，或許正是一種無歷史的錯覺，讓我們誤以為真有什麼地方能夠擺脫時光的鏽蝕。

正月十五，清晨飄雪，但氣象預報提到今晚有月全食，因此我仍篤定出發。早上九點多，才合道送我到河邊，擺下一塊刻了平安經的石頭。再次檢查行李，除了糧食、禦寒、防水裝備外，也帶了採集水樣的玻璃罐。如果礦山位置一如預期，應該隔天中午前就能抵達；如果沒有找到，則最晚要在後天早上折返。

春汛尚未到來，冰封的河流形成幾股發光的白，在近百公尺寬的暗色草灘間蜿蜒纏繞。我穿著雨靴行走，步伐充滿黏性。為節省體力，經常不知不覺走上冰面，直到腳底出現破碎的預感，才趕緊退回來。

先前確認過地圖，瑪洛位於瀾滄江流域，所以這條無名之河應該會在某處匯入瀾滄江幹流，穿過青藏高原，沿橫斷山脈一路向南。途中，河面驟降四千七百公尺，其中蘊藏的龐大能源潛力，誘使人們建起一座又一座大壩，水遂凹折成階梯狀。待出了雲南邊境，水在東南亞趨於深邃平緩，流經緬甸、泰國、寮國、柬埔寨等地，最後在越南胡志明市歸於大海，交界處生成紅樹林。這時更多人稱呼它的名字是湄公河。

湄公河是東南亞第一大河，關乎上億人的生計，但因資源本身的跨境特性，近年成為備受關注的政治角力場。當然以河的角度來說，國家邊界並無意義，它以自己的方式連綴起生態系統，人作為一個並不偉大也不卑微的行動者納入體系，與山脈、雨霧、水藻、蝦蟹、大海建立千絲萬縷的命運網絡。現在透過地理學家與生態學家的代言，我們越來越習慣賦予自然物主體性，熟悉使用「以河的步伐行走、像山一樣思考」這類修辭。雖然很多時候並不如所宣稱的那樣相信，或無法實踐所相信的，但光憑語言的力量，好像就真能理解自然的浪漫、焦慮、呢喃、嘆息，乃至於歇斯底里。

若將這種概念推展到極致，或許就會逼近於英國學者洛夫洛克（James E. Lovelock）在一九七二年提出的蓋婭假說（Gaia hypothesis）。這個觀點將地球視為一個大生命體，所有生物與無生物彼此調節、糾纏、共構出健全的運作系統，由此延伸出的各種討論，數十年後的今天仍在學術界綿延不絕。而回到該論文發表的同年，有另一件大事與之遙相呼應，那就是阿波羅十七號執行了人類迄今最後一次登月任務。其中最值得銘記的是，當那艘太空船從美國東岸發射不久，航行至離地一萬八千英里處時，幾位船員背對太陽，用一臺七十毫米哈蘇相機接八十毫米鏡頭，拍下了史上第一張完整的地球亮面，並將照片賦名為藍色彈珠（The Blue Marble）。

這張影像迅速向全世界傳播，成為自攝影術發明以來，最重要、最有名、最具影響力的一張照片。在這種前所未有的凝視角度下，地球如同黑暗宇宙中一座有光的孤島，表面沒有國界，沒有經緯，沒有地名；所見到的是印度洋、南極大陸、馬達加斯加、撒哈拉沙漠以及菌絲般的雲霧。時值美國環境運動風起雲湧的七〇年代，它啟發了地球村的概念，提醒我們，環境議題在全球尺度下無人置身事外。與藍色彈珠相伴出現的註解通常是：美麗而脆弱。

幾片細雪吸入唇間，冰涼感將漫遊的意識拉回現實。我抬起頭，雨點豆子般打在臉上，原本斬釘截鐵的晴空已然寒風驟起；趕緊拿出帆布，在岩石凹處搭起簡易的避難所。我坐下休息，按摩疲勞的雙腿，嘴裡咀嚼著堅果、葡萄乾和巧克力補充熱量，耳邊盡是傾瀉冰面的叮咚雨聲。

雨下了整整一個小時，高原上其他動物是不是也躲在什麼地方，聆聽著與此相同的雨聲？

雨一停，雲層旋即消散。我將厚重帆布使勁一甩，捲在背包下面，努力從濕漉漉的沮喪中重拾舉步的信心。雨後日光漸變，好像天空咀嚼著想說又說不出口的話。

繼續上路不久，我在水邊發現一塊頭骨，纖長如劍的犄角顯示是隻雄性藏羚羊。這種動物主要棲息在可可西里海拔四千多公尺的草原帶，此處算分布東緣，地形過於崎嶇，能見到骨頭已經相當令人振奮。

不管從生物地理、文化意義、歷史命運來看，藏羚羊恐怕都是青藏高原的最佳代言者。回首上個世紀八〇年代可可西里發現金礦以來，那個連牧民都不願久留的荒原便湧入數以萬計的淘金客。他們在河床上竭力淘洗致富美夢的同時，意外發現藏羚羊身上的毛料極為細膩柔軟，價值堪比黃金，於是一場大屠殺就此展開。田野生物學家喬治．夏勒在他的研究手記《第三極的饋贈》中如此描述：「牧民、政府官員、卡車司機，大家都因為獵殺藏羚羊而快速獲利。其中最具傷害性的是那些有組織的盜獵團伙，他們開車從格爾木、西寧、昌都等地遠道而來，一旦找到羊群，便會趁夜打開車頭燈，大舉屠殺被閃得暈頭轉向的藏羚羊。此外還有一種危害更大的殺戮方式——當發現藏羚羊在北方的集體產崽地，他們便會槍殺那些剛分娩或將要分娩、活動力較低的母羊，剝其毛皮，棄屍曠野，任由失去至親的小羊捱餓致死。」

隨後，這些羚羊皮被送往城鎮，讓工人們拔下羊毛和羊絨，混在普通羊毛間走私出境。原料經尼泊爾輾轉運至喀什米爾後，由當地技術精湛的織工們製成等級最高的、名為沙圖什的披巾，再送到全球各大城市販售。當這奢侈之物最終擺上紐約百貨公司的精品櫃，與消費者相遇時，上頭除了高昂的價錢牌，還會附贈一則漂亮的謊言：沙圖什使用的原料來自西藏一種北山羊，春天換毛時，牠們會在灌木上蹭落絨毛，再由當地牧民一點一點收集起來。那就好像在說：「尊貴又善良的客人呀，您的消費不只幫助偏遠世界的貧困人民，過程中也沒有動物受害。」

雖然牧民利用藏羚羊由來已久，卻不曾形成如此龐大的跨國產業鍊。九〇年代官方推估的數字是，平均每年有兩萬頭藏羚羊遭到殺害，整體數量銳減超過九成。記得第一次進藏前，我看過一部改編自真實事件的電影《可可西里》，男主角參考的是傑桑．索南達傑的故事。他是九〇年代西部工作委員會的領導，多次組織隊伍進山巡查。一九九四年一月，他在與盜獵者的衝突中中彈身亡，此事引起社會高度關注，藏羚羊一躍成為高原最廣為人知的明星物種，甚至催生一波中國環境運動的浪潮。現在青藏公路的崑崙山口處，還留著一座索南達傑的烈士紀念碑。

姑且不論優劣，我以為，這類作品與其說期待觀眾承諾一種道德立場，倒不如說，純粹想揭露一塊不為人知的腐敗風景。創作的基礎不是對人性的失望，相反地，他們擁有近乎崇高的信念，相信人們心底願意為此流下一滴眼淚。

繼續上溯，積冰斷斷續續，山谷走勢越來越不明確。想起途中碰過幾次歧路，不免擔憂，會不會早已弄錯了方向？一陣恐懼在心底漸漸膨脹，但我繼續前行。

兩個小時後，路就走到了盡頭。

不過，當時的景象讓我完全忘了迷途的困窘——眼前岩山環繞，山凹處，有塊巨大冰體懸於半空，如凝固的瀑布、漂浮的城堡、無聲的隕石，如一團白色沙塵暴靜止在將要淹沒什麼的一瞬間。望著冰面雪霧翻捲，日照下閃耀著絲綢光澤的白。我入迷地繼續往前走，在距離冰體數十公尺的坡底止步，仰頭聽見滴滴答答的細小水柱四處流淌，同時一股霜雪之風貼著地面陣陣吹來。

路的盡頭，水之伊始，竟是冰河。這不只是冰凍之河，而是地理學上定義的冰河——降雪日積月累高壓成冰，受重力作用緩慢滑動的流體。可以想見，它的核心必定藏在群峰後方，壯觀冰河從那裡放射狀向外溢出，邊緣形成無數條冰舌。其中一條出現在此，將一個意外目睹之人舔舐得瑟瑟發抖。

站在幾乎可觸的冰河面前，在這無人踏及的遙遠異境，我是否終於可以說，自己和自然更貼近一點了呢？高原流浪這幾個月，如此問句總在四周安靜時伸出指尖，探詢心意般輕刮胸口。作為一個童年時看著昆蟲圖鑑識字的資深野外迷，這幾年讀書、行走、寫作、攝影，無非是想弄清楚自然是什麼、文化又是什麼，但這幾個詞卻像帶了刺，越來越不敢輕易出口。英國文化學者雷蒙・威廉斯（Raymond Williams）說，自然和文化是英文裡最複雜難解的兩個詞彙。

想起最近碰到的一些同儕和前輩，無論是叩問科學的人文學者，又或者靠攏人文的科學家，談話間經常拋出一個讓兩者更加糾纏不清的名詞：人類世（Anthropocene）。這是個頗為新潮的地質名詞，之所以受到廣泛關注，始於二〇〇〇年墨西哥一場地球科學的學術會議。當時一名與會者是因臭氧層研究獲得諾貝爾獎的荷蘭學者克魯岑（Paul J. Crutzen），當臺上報告者反覆提到：「我們所處的全新世，始於一萬一千七百年前……」克魯岑顯得很不耐煩，插話道：「我們早就不是處在全新世了。」他仔細斟酌後說：「我們已經進入了人類世。」

Anthropocene，人類世，意味著以人類影響為基礎的地球年代嶄新誕生。在地層學上，要將兩個時期劃出分界，必須能指出大尺度且普遍性的環境變遷，通常也必然伴隨著生物大滅絕。這麼說吧，假設十萬年後仍有地質學者進行和現今相同的工作，那麼他們將會發現，地層從某個時代起就偵測到高強度輻射痕跡，SO_2、CO_2、CH_4 和 NO 在大氣中的比例逐漸提升；許多哺乳動物剎那滅絕，取而代之的是幾種馴化動物遍布星球。人是冰河，是隕石，是季風、板塊漂移、重力和潮汐，人是環境和自然本身。克魯岑將人類世起始年代定義為一七八四年，那年瓦特改良蒸汽機，象徵工業革命的開始。

哪怕只是一點點，過往許多環境主義者都渴望找到無人染指的聖域，但在人類世觀點下全是癡心妄想。再怎麼杳無人煙之處，其實都已烙下人類活動的痕跡。部分論者認為，既然真正的自然不復存在，人類便有責任接管世界，決定地球命運將往何處。科技發展日新月異，將來即便想喚回數千年前滅絕的猛瑪象，只要西伯利亞的永凍層還保留著完好的組織，便能透過現生大象的細胞復育，逝者轉生。

人類經常展現了不起的靈光，也經常弄壞重要東西。生物多樣性之父威爾森

（Edward O. Wilson）在最近出版的著作裡嚴厲批評人類世的樂觀分子，認為我們反倒應該退讓出半個地球，才有一絲機會拉回失控的火車。他曾寫信給十八位資深博物學家，共同選出世上最珍貴的一些生態系，期望設立永久性自然保留區。最終列出的三十六個地點裡，包含了喜馬拉雅東南部的不丹王國，以求延續一小部分的青藏高原。這讓我想起第一次拜訪拉薩時，有個朋友也說：「以後想認識藏族，就只能去不丹了。」

——看到沒有。

——什麼？

雪豹啊，剛剛還在那兒。牧民望向空曠山丘，手掌彎在耳邊，好像還能聽見離去的腳步聲。沒有了，離開了，消失了。從我第一次進藏以來，類似情景反覆上演，似乎預示著某種無法擺脫的宿命。月之將昇，雪雀安靜睡眠，杜鵑在夢境裡呼吸，藏羚羊集體回到北方高地產崽；透明星空下，狐狸踩著輕盈的腳步到河邊攝取水分，汙染物在體內日積月累；一頭飢餓的雪豹終於倒在無人涉足的深山，只有大地為之悼亡。

這一切我完全沒有察覺，但雪會記得。當大氣環流將細微之物帶到冰河上空，隨著降雪層層沉積下來，就會形成冰芯紀錄（ice core），如同依照年代整理的標本櫃。比起樹木年輪、湖泊沉積、深海沉積等地質紀錄，冰芯既能訴說大尺度地球歷史，也能描述各年度的細節。目前從青藏高原鑽取到最深的冰芯來自古里雅冰河，可達地下三〇九公尺，底部沉積物成形於七十萬年前，也就是青藏高原剛剛隆升至進入冰凍圈的時代。當地質學家取出地球的記憶之核，從深層往淺層分析，會發現從更新世到全新世，雪將七十萬年的故事安安靜靜保留在那裡，如同圖書館倉庫裡某本塵封的詩集，永遠在等待一個注定要被時間安慰的人。而雪花剛剛飄降之處，是否已經進入了人類世？那薄如紙張的記憶、正要開始的一段關係，我們準備寫下些什麼？

我想起在佛教傳入前的古老時期，高原上盛行自然崇拜的苯教，那時的巫師必須懂得大地的語言，以解決人們生活中的各種煩惱。後來，人們發現別的知識體系能夠掌握自然的一切，便不再聆聽晦澀難解的啟示。但現在，人們又開始懷念湖泊、岩石與樹的語言，於是地質學家成為新的薩滿、自然的聆聽者。我不知道科學家和薩滿何者更高明一些，他們都在轉述自然告訴他們的事。

冷雨傾訴心事，草原唱著哀淒的小調。如果聽見了雪的聲音，能否請你告訴我，雪會記得哪些事？

時間太晚，來不及回頭了。我對照地圖與筆記，回憶稍早經過的幾處岔口，決定明早再走別條路試試，而今夜就留給冰河吧。卸下行李，走上山丘觀察地形，此時透過雪的反射，餘暉呈現複雜的光影變化，不只是從黃到紅、從藍到黑這麼簡單。我再怎麼拍照，也無法捕捉那如詩如幻的視覺體驗，只好在日記本寫下：

只要透過印刷品或顯示器，就沒辦法看見世界上所有顏色，這是媒介本身的限制。一些叛逆不羈的，譬如礦石、河流、火，或者黃昏。為了這些卑微但固執的理由，人們只得用自己的眼睛去收集世界上每一種顏色。

入夜後，我在背風面搭起雪帳，用鐵釘牢牢固定，再覆上帆布加強防水。因為無事可做，很早就躲入睡袋取暖，並在出口處留一道足夠看見外頭的開口。夜深，天空驚人地亮，一伸手就能見到淺淺的月的影子。將近十二點時，掛在一旁的水銀溫度計顯示已經零下二十多度，風將帳棚吹得獵獵作響，讓人無法成眠。

雖然已經描述過很多次，但我決定不厭其煩，繼續將文字對著夜空虛擲浪費：注意到時，地球陰影已經咬住月光，每咀嚼一口，大地就隨之暗去一點點——月食開始了，宇宙如海，星子浮現。獵戶座一點一點擦亮他的腰帶，擦亮佩劍、雙足、雙手、手上繃緊的弓、弓上待發的箭矢，然後張開名為 Meissa 的紅色眼睛。當最後一彎光亮終於消隱，月球剎那泛出鏽紅色柔光，像一面剛砍倒的紅木剖面。眼前沒有雲霧，沒有塵灰，天空頓如擊碎的玻璃閃閃發光。每一顆星都在不可企及的遠方，每一顆星都近在眼前，好像永恆的集體沉默，又好像每一隻都是悲憫的耳朵。風漸漸平息，遠方動物鳴吼，旋即沉積在黑色雪地裡。

沒有光的地方能看見些什麼？二〇一二年，NASA 公開一系列地球暗面的照片，人類在那裡點燃了城市之火：美國西岸、東亞沿海、歐洲全境燈火通明；相較之下，青藏高原則如沉眠般黑暗。對應一九七二年的藍色彈珠，這系列照片被稱為黑色彈珠（The Black Marble）。

我同意，城市堪稱人類最偉大的藝術品，但我們同樣需要溪流，就像鉤蝦、水獺、山溪鯢與蜉蝣；我們也需要草原，如同金鵰、兔猻、灰狼與馬麝；我們需要秋葉般的朱雀，需要石頭般的山鶉，也需要雪豹——啊，月亮似的雪豹。如果今夜，真的就要走入一個無可挽回的時代，你可以叫它人類世，或者，如威爾森所說，我想要叫它孤寂世（Eremocene）。

廢棄地

天亮前出現一波極低溫，溫度計拉進帳棚一看，已經低於攝氏零下三十度了。我整夜不曾停止顫抖，面部僵硬麻痺，嘴唇裂如刀割。一直等到太陽昇至相當高度，才鼓起勇氣拔營折返。

返程途中，我仔細對照地圖，在一處岔口恍然大悟——這裡應該直行才對，既然時間還早，就繼續前進吧。我沿著主流採集水樣，用油性筆做編號，夾鍊袋裡二十來支玻璃管各自保存某個河段的切片。心想依循水的線索，或許就能解釋羊隻失常和礦場的關聯性，但不知心底期待的結論是 Yes 還是 No。

午後，遠遠就見到疑似礦山的遺跡，走近時不免自嘲——擔心找不到簡直是笑話，明顯的坑洞至少十處，在平緩右岸與河流緊緊相依。河岸走上去，礦坑有大有小，寬度在二十到五十公尺之間，深可達七、八公尺。坑裡或許溫度較低，仍有淺淺的雪，本想下去看看，但陡峭的邊坡極不穩固，隨時可能坍塌。轉向河漫灘，見到四周堆置著棄土棄渣，不遠處的山腰有條之字形聯外道路，坡面土石如黑血流淌。這些翻動過的疏鬆土壤會在雨後快速流失，久久無法長出植被。

我裝了幾管泥土樣本，將坑洞、土丘、道路與河流的空間分布記在本子裡，然後坐在一架廢棄機具前，畫了張風景速寫。

有一派說法認為，中共當初之所以積極奪取對西藏的控制權，最現實的考量就是礦產。青藏高原位在世界三大成礦帶之一的特提斯構造域，具有形成大型礦床的優秀潛力，戰略價值不可估量，缺點是開採條件非常惡劣。不過在革命至上的社會，沒有不能克服的障礙，只有不夠堅強的決心。一鋤頭一簸箕，再大的山都能挖開。

一九五〇年代，國家權力的觸手逐步破除高原邊界之際，首先在柴達木盆地進行礦業探勘。那裡海拔較低，蘊藏豐富的石油和天然氣，可說是進軍高原的前哨站。稍晚到了六〇年代，環境嚴酷的藏北高原開始採掘不鏽鋼原料的鉻礦，雖然機械化程度較低，卻不必擔心人力匱乏，因為有源源不絕的思想犯在此進行「勞動改造」。接著如前文提及，八〇年代發現馬蘭山金礦，興起一股瘋狂淘金熱。據說一九八四年第一支私人探金隊在烈日下抵達時，遍地皆是星星點點的黃金顆粒，隊員們各自裝滿一水壺，約定日後再來。但剛回城市，消息便如病毒擴散，移民大舉湧入，翻遍大小溪流，從事難以管制的游擊式開採。到了世紀之交，國務院實施西部大開發政策，最具代表性的就是號稱中國四大跨世紀工程的青藏鐵路。以此為運輸基礎，國營企業得以進入規模化開採，從原本鉻礦為主，轉向如銅礦等更稀有昂貴、治煉門檻較高的資源。

礦山有其壽命，從開挖那一刻起，大地就被裝上倒數計時器，數字一旦終了，便留下支離破碎的廢棄地，稱為礦山跡地（mining wasteland）。除挖掘地本身外，也包含排土場、尾礦場、塌陷區，以及因採礦活動受到重金屬汙染而無法利用的土地。這些廢棄地還會衍生出更具侵略性的汙染物，譬如礦山廢水挾帶大量酸鹼物質、選礦藥劑、懸浮微粒進入地下水與河流；有毒氣體、煙霧、金屬性粉塵則隨風擴散，影響遠遠超乎礦山本身。

青藏高原地廣人稀，管理難以落實，許多私人企業大礦小開、採富棄貧，進行粗劣的短期生產，留下千瘡百孔的殘局後一走了之，當地人只能承擔苦果。我在過往報告中讀到，有些礦業公司會以高薪聘請政界退休官員，以求規避環保核查，左右地方政府態度。他們如果和社區簽下什麼甜言蜜語的承諾，大抵都是一紙空文。

我突然覺得，牧民們將問題歸咎於山神詛咒並沒有錯，如同經濟學家理察・奧蒂（Richard M. Auty）在《礦業經濟的永續發展》中所提出的資源詛咒（resources curse）——擁有豐富礦產資源，對一個地方的長期發展不見得是好事，容易導致產業結構僵化、貧富差距、威權與腐敗政治。綜觀中國在西藏積極推動的兩大產業：礦業和觀光，似乎正是這麼淘盡西藏的自然和文化資源，以補足中國缺失的那部分。就政治目的而論，這不光讓西藏失去經濟獨立性，完全仰賴內地需求，更能貼合官方一貫敘事——西藏今日擁有的一切盡皆天朝恩賜。

資源是詛咒，而美是傷害。

查閱相關報告不難發現，地方社區通常不被管理者視為夥伴，反而是像病蟲害之類不好應付的變因。事實上，如果可能的話，他們根本不希望土地上有人居住，於是這些牧民長期處於被迫遷、被匡正、被現代化藍圖排除在外的命運困局。如果讓社會學家包曼（Zygmunt Bauman）來說，或許，他們都是所謂的廢棄人吧。

我找了石頭坐下，氣力散盡，再也走不動了。雙腿陣陣發痠，喉嚨乾疼，為防惡化先吃了顆消炎藥，然後拿出珍藏的果汁一飲而盡。雖然很想稱許自己堅持至此的成果，但真正克服高原的畢竟不是我，而是我扛在身上的維生系統。打開背包，裡頭是整組可攜式的現代生活。

現代生活因其冰冷而美妙，它是一雙粗壯的手臂，將各種產品與生產地遠遠拉開。縱使我手上這條消炎軟膏的原料來自婆羅洲的油棕，也不會在塗抹時想起油棕園，不會想起那曾是雲豹棲居的熱帶雨林。於是，平淡的地景經驗在這個時代不斷複製，我們被鍛造成鐵石心腸之人，對土地日漸冷漠。

而旅行這件事，似乎彌補了這種情感缺失。你前往某處生活，讓身體與地方重新連結，直到地圖上條理井然的空間，被疊上稠密如膠的意義圖層。於是對我個人而言，眼下草原已然有別於世上任何一片草原，將來在遠方聽聞它的消息，必會浮起幽微複雜的情緒；有天它死去，我在彼處心底也會難過。或許這就是人文主義地理學所說的地方感，或者地方之愛吧。

幾個月前，一位雜誌編輯問我為什麼又去西藏，不是要寫小說嗎？當下雖一時語塞，傻笑帶過，現在卻覺得可以重新答覆：寫作和其他任何工作一樣，不偉大，不卑微，相當辛苦；它是雕刻，是馬拉松，是情人的承諾。如果沒有真正的愛，沒有想要撫慰的痛苦，又有什麼能夠支撐如此折磨、如此寂寞的漫長過程？自從多年前決定書寫雪豹的那一刻起，每當失語我就想回到高原，不光是為了在田野挖掘故事，更是為了找回情感基礎，讓你堅信有些話不說就會內疚，不寫就會後悔。回想先前M對我小說初稿的評論，迫使我逼問自己，是否一定要看過雪豹才能寫雪豹？現在我會同意那句話所隱含的另一部分，也就是出發尋找雪豹本身是重要的。或許你也知道美國作家彼得·馬修森（Petter Matthiessen）寫的那本《雪豹》吧？書中記述他一九七三年和喬治·夏勒前往尼泊爾西部的一次田野考察，雖然至終都沒有見到雪豹，卻留下不朽的文學經典。

親愛的M，《雪豹》我讀了三次，很好奇他半世紀前的經驗和最近的我有多少相似性？畢竟現代世界已經不存在馬修森所描述的那種封閉社會。用英文向他打招呼的天真小孩，如果仍然在世，年齡應該和我們父母差不多吧。此時公路或許已經修到他們村口，隨時可以騎車到鎮上喝一杯，異鄉人也不再值得激動雀躍了。

M，妳還在臺灣嗎？或者也在哪個遙遠的地方，為生命中錯過的事物苦思？我想或許是因為我們都對生命懷有信仰，才相信為此跋涉、哭泣、守戒，乃至於受刑，才是對得起世界與自己的方式，如同一名朝聖者。

時間是下午一點五十四分，手機電量百分之二。我選擇用最後的電力，播放齊柏林飛船那首〈天堂之梯〉——溫柔的鋼絃、乾燥的嗓子、帶有希望的鼓聲，都讓我感覺心臟被一面粗糙的絨布反覆擦拭著。

> There's a sign on the wall but she wants to be sure
> （牆上已貼著告示，但她想更加確定）
> 'Cause you know sometimes words have two meanings
> （因為你知道，語言經常有兩種意義）
> In a tree by the brook there's a songbird who sings

（溪邊樹上，一隻鳴鳥正在唱歌）
Sometimes all of our thoughts are misgiven
（有時候所有想法都讓人不安）
Ooh, it makes me wonder
（喔，這真是讓我困惑）
Ooh, it makes me wonder
（喔，這真是讓我困惑）

音樂斷了，安靜得只剩風聲。起身離開前，我被一個突如其來的景象觸動，本想按下快門，相機卻沒電了。拿出日記打算寫點什麼，握著筆的手卻猶疑不決，最後只在第八十四頁末尾留下一句：

嚴冬過後，一小群倖存的斑頭雁，灰燼般飛越廢棄的大地。

驅離

傍晚回到牧場，隨意吃了點東西就倒頭大睡。隔天起床充電時，手機叮叮叮叮跳出許多訊息，都不是要緊事。家人問我何時回臺灣，想了想沒有回覆。

才合道說車子已經託人處理好，換了水箱與變速器的配件，停在縣城修理廠，如此也沒有理由繼續打擾下去了。付清修理費後，能運用的資金相當有限，我計畫過兩天回縣上取了車，再到北邊一座銅礦冶煉廠看看。聽人說，那裡的河流曾是螢光藍色。

但意外來得措手不及。兩天後的早晨，牧場出現一名騎摩托的公務員，身穿棕色皮夾克，兩撇八字鬍，目光給人凌厲的壓迫感。當時我在羊欄邊鏟糞，他突然停車喊我，我聽不懂藏語，不敢作聲。他旋即前來出示警員證——極不湊巧，這人負責的是人口普查工作，一眼就知道我不屬於這裡。他要我交出證件和手機，雙雙扣押，質問我是否有公安局許可？我說沒有，他要我立馬收拾東西去派出所。自知遊走在法規邊緣，無可辯駁，只好回屋取行李。那時才合道正躺著看電視，見我倆進屋，趕忙了解狀況，卻被警察訓斥一頓，錯愕的樣子讓我愧疚不已。坐上警察的摩托車時，才合道匆匆從屋內跑來，把一條趕羊用的拋石繩塞我手裡，臨別留下一句：「兄弟，不要忘記我。」

「對不起。」我說：「我也不知道怎麼會這樣。」

到了派出所，警A把我交給警B，帶進一個沒有外窗的白色房間，把我身上東西全搜出來，接著填寫資料，拍照留檔。警B在桌上立一臺攝影機，要我打開背包，攤出所有物品。他隨意翻閱日記本，檢視相機照片，問我那些玻璃管是做什麼的？我說我是研究生，來研究草原生態。

「哪裡的大學？」

「臺灣。」

「搞成這樣咋回事兒？」警B掀我衣領，拉我頭髮，真教人屈辱。他問我研究有沒有許可，我說不知道要申請許可。他要我上交研究計畫，說領導要審核過，不然邊境地區不讓隨便進出，說著將樣本連同空玻璃管全數沒收，慶幸的是日記本與照片還留著。我硬著頭皮打開電腦，將先前申請碩士的計畫書發給他們，不過內容寫的是內蒙古草原。

警B在桌子對面坐下，翻開冊子，拿出筆，問我旅行期間幹了什麼、去了哪裡、服務什麼單位、有過什麼政治活動。如此訊問進行了兩個多小時，疲倦的我數度恍神，視線不斷往後頭飄。牆上有幀毛澤東像，投下充滿壓力的目光，旁邊是熟悉的「為人民服務」五個紅色大字。訊問結束，我無法拒絕地簽了幾份賦予偵訊合法性的文件。警A將手機還給我說：「注意點，你幹什麼這兒都知道。」這句話輕描淡寫，飽藏威脅。想起北京大學一位朋友說過，有個維吾爾族同學在新疆示威那時電腦裡存有一些現場錄像，結果在沒有連網的狀況下遭到刪除。在青海時也聽說有人和國外通電話，並沒有提到什麼敏感議題，只是講到 Chinese government 便立即斷訊。我或許不至於受到密集監控，卻不知能保有多少祕密。

當晚我被拘留在派出所，和另一名警C同睡宿舍。警C年輕，漢話不錯，我遂嘗試攀談：「我只是對放羊有興趣而已，怎麼就要拘留？」他說這會兒是敏感月，管得比較嚴。我才注意到都已經三月了。「就搞不懂你們這些人。」他倒在床上滑手機說：「在草原待上半天，我能無聊死。」

宿舍有兩組上下鋪床位，我的位置在警C上方，晚間進來另一個男人，被安排在隔壁下鋪。那人也是牧民打扮，衣著邋遢骯髒，嘴裡一直喃喃唸個不停，不曉得在唸什麼。「又是你這傢伙。」警C暗罵一句，起身踹翻他剛坐下的金屬折疊椅，發出哐啷巨響。那人迅即爬起，竄到房間一角站著，繼續低頭碎唸。

警C瞥我一眼，若無其事地說這傢伙是瘋子，老在城裡遊蕩，附近人都知道。他整天披個寬鬆袍子，底下不穿褲子，據說是小時候對神山撒尿，結果雞巴就開始腫大。本來小伙子那東西腫大不是問題，但他的很快就腫到像隻剝皮老鼠，第一次和女孩睡覺把對方嚇哭後，他就知道東西太大也是個麻煩。直到有讀過大學的人告訴他不必迷信，這是值得驕傲的事情，他聽了覺得受用，就常常在茶館問別人：「想不想知道我們民族真正偉大的東西？」然後拉著對方的手去摸那玩意兒。真是瘋子，警C說，但沒得意多久，有次他對內地來的女孩做出同樣的事情，就被抓到派出所接受「密集教育」，出去之後人就傻了，成天畏畏縮縮，四處晃蕩；隔三差五被人舉報，送來派出所關押，麻煩得很。

晚餐時間，他們給我買了飯，沒買給他。吃飯時，那人一直從床上盯著我，但警C在旁邊，我只能視而不見。後來聽到笑聲，忍不住抬頭，發現他正投來熱切的目光，不是看著飯，而是看著我。很腼腆、很愉悅，是看到小貓小狗那樣的神情。

警C聽到笑聲，很煩躁似的，又去踹了他的床。

「你倒沒事。」警C知道嚇著了我，過來拍拍肩膀說：「你跟他不一樣，很快能走。」

這句話讓我安心，也讓我毛骨悚然。熄燈後，我聽見有人小聲哼歌，但歌聲很快就被一記悶響打斷。聽起來，警C這次直接踹在他身上。

隔天他們要我收拾東西走人，臨走前，我將一瓶果汁放在那人床頭。警C帶我離開派出所，買了點食物，前往半條街外的老舊旅遊賓館，要我在指定房間繼續扣留二十四小時，等候上頭指示。

進了房間，我把先前胡亂填塞的背包翻出來重新整理一遍，稍稍平復那股不受尊重的鬱悶。進廁所梳洗時，彷彿在鏡中撞見陌生人——蓬頭垢面，鬍鬚紊亂，黃髮乾澀，反覆晒傷使得臉頰斑斑駁駁。這是我嗎？不禁拉起領口嗅聞，沒有酸汗，倒是滿滿的羊脂腥氣。回想上次洗澡還是在淋浴間花了二十塊錢洗的，都有一個月了吧。我浸濕毛巾擦拭身體，隨後取了刮鬍刀，沾點肥皂，將下巴剃得一點細渣也沒有，剃出了血。

回房上鎖，脫下衣褲，赤裸裸躺在床上。這時才拿起手機回覆訊息，告訴父母和朋友一切平安，只和M簡略說明這兩天的情況。

「能怎麼幫你？」

「已經沒事了。」

「真的？」

「沒事啦，真的。」

「我怎麼知道這句話是不是被脅迫的？你能講電話嗎？」

「擔心的話也可以打給我啊，只是訊號不太穩定。」

會不會真的打來呢？我整晚都把手機放在身邊。

第三天早上依然無消無息，我主動前往公安局詢問，得到的回應是：「這研究不合適，請馬上離開我們縣。」

沒有更多指示，也沒有派人監督，我只好回到賓館，請櫃檯幫我問問回玉樹的汽車。行李收拾好後，利用空檔去了趟修理廠，聯繫蘇魯鄉那位大哥，說他的車壞了，我出錢修好變速器和水箱，但因為縣上管制沒法開回蘇魯，只能留在這裡。他說沒事，留著吧，他能處理。於是我發給他修車廠老闆的微信ＩＤ。

前往玉樹的車很快就找齊六名乘客，我在副駕駛座，將二十公斤的背包擺在腿上，五個小時沒改變姿勢。午後抵達玉樹州，一刻也不願多留，立即到客運站買了回西寧的過夜班次。候車時，上網查詢西寧回臺灣的航班，價格比淡季貴上一倍，幾乎就是我的全部積蓄。咬牙下訂，我嘆了口氣，沉沉浮浮的日子終於要結束了。

傍晚出發的這班車是每天的倒數第二班。過完年，往來的人多，二十人座的小巴士連走道都塞滿了人，多半是要進城打工、做生意、辦理行政事務之類的。我坐在最末排右手靠窗位置，本想好好休息，偏偏前排坐了個讓人頭疼的中年男子。上路後，他毫不顧忌地在車廂內點菸，跟身邊一位準備求醫的藏族婦人高談東部城市的眼科醫療，字句間賣弄貧乏見解，斥責對方觀念落後。他習慣在每句話末尾加上「你知道不？」或滿懷譏諷的「想啥呢你？」，逼得我就想一拳揍爛這王八蛋的鼻梁。他或許根本不會修房頂、裝水泵、剪羊毛；無法解讀杜鵑、鳶尾、黑頸鶴的物候隱喻；不懂生火，不會拿拋石繩，不知如何面對棕熊與灰狼。只是碰巧在東部城市取得生存許可，但在高原碰上大雪會第一個失去希望而死的人，為何抱有如此狂妄的優越感？

我也敢說，自己比很多牧民更能應付城市迷宮，只因我從小就在臺北反覆練習。但這世界只要允許高原存在，就必然允許另一種生活，和城市生活具有同等神聖性。沒有誰更高尚，沒有誰更客觀，沒有哪一套完美的敘事放諸四海皆準。旅行者在宣稱理解他者之際，首先必須承認，追求他者視域是一條無限延長的道路，無論如何逼近，都不能踏著同一枚腳印。

我永遠不可能理解你，永遠不可能取代你，你的心總有一部分超出我思維之外，你在那裡絕對寂寞地想著我所無能為力的事情。但旅行者仍舊說服自己，總有某些時刻，你會回頭將一隻眼睛借我，讓我一窺只屬於你的世界，因你的喜悅而喜悅，為你的憂傷而憂傷。或許當我們因為一個文化的消亡而哀悼時，我們的哀悼相當於目睹一整個世界的消亡吧。

話說回來，眼前這名男人並不如此，他只深信自己無所不能，鏗鏘話語如魔術師抓住眾人耳朵。車內煙霧繚繞，好像只要足夠自信，伸手就能抓出白鴿。我雖覺看破手腳，卻無法中斷這場表演，只好打開窗子讓冰冷的空氣灌進來。中年男人自知抽菸，沒叫我關上，逕自拉緊大衣，少了點話。

日沉曠野，又是野生動物的活躍時刻了。這條全長三千多公里，連接城市與牧區、現實與虛妄的G二一四公路，三年來跑了多少遍呀，都記得過了星星海之後，總會看到一小群藏野驢在原野中吃草。可惜此時大地昏暗，沒機會目送道別，只有一座又一座遙遠、巨大、深邃、險峻的雪山剪影，緩慢而安靜地掠過地平線。

「你也曾去過那裡。」過去的自己彷彿如此提問：「裡頭真的有雪豹嗎？」

動物園

抵達西寧後，我在市中心找了間涉外賓館下榻。隔天下午搭機返臺前，決定利用早上空檔去一趟動物園。

來西寧這麼多次，始終不敢去動物園，深怕折損初次目睹野生動物的興奮感。但現在都已經沒關係了。我背起背包出門，在賓館附近見到許多精品中藥行，一些婦女坐在路邊清理剛出土的藥材，另有一名男子從旁監看。婦女們見我拿相機，腼腆地整理一下儀容，似乎暗示我可以拍張照片。

拍下幾張照片，走到路口，搭上前往西寧動物園的公車。我從小就喜歡去動物園，喜歡用自己的眼睛去印證，書中提到的生物確實存在；到了高中，偶爾還會去臺北動物園的昆蟲館網室，觀賞一些不曾在野外見過的蝴蝶。後來年紀漸長，越來越無法滿足於圈養動物，才開始滿世界探索。此時前來，就只是想在離開前看看雪豹而已。我花了三十塊人民幣買票入園，依照地圖指示走到豹館，跟攤販買了瓶果汁後，就在雪豹的籠子前面坐下來。

真的好美。

被野生雪豹拒絕的我，最終只能屈從於動物園，怎麼說都讓人有點沮喪，像一首西藏民謠唱的：「去年被馬兒摔過，胳膊和腿都沒斷；今年被情人拋下，心臟的骨頭折了。」我無緣的情人現在就在玻璃另一頭，躺在不太寬敞的房間裡發懶。牠果然擁有世上最美麗的灰白色毛皮，以及讓人看一眼就心如刀割的眼睛。剛來的時候，牠還側臥在凳子上打瞌睡，現在陽光太強，就躲到凳子下了。

我從背包拿出筆記本，翻閱這段時間寫下的近百頁潦草日記，對於曾經／正在

／將要流逝的黃金歲月，既感慨又坦然。佛教給我的啟示是，任何現象都是由複雜多元的條件暫時拼裝而成，成為一種能夠回應意義的運作系統。當我們辨識現象並以語言指認時，即是在為一組特定的關係定義邊界。當關係隨時間變化，邊界終將以某種形式失效，如此一來，執著便成為苦的種子。我所理解的緣這個字，並非可積累的量，而是一種特定的交會——緣起，因交會而生；緣滅，因離散而亡。類似這樣的想法，在我返回學院，讀到後結構主義地理學時，找到了很相似的概念。

凡人如我，總是不斷對照現實與回憶，不厭其煩地拿著細針，串起語言尚能指認的部分，試圖讓某些東西維繫得更久一點。但諸如照片與文字的留存，無非是在提醒我們改變／失去了多少東西。所謂無常，不只是相遇與錯過、活著與死亡這般二元對立，更多時候則是一個人過了幾年，就成為曾經的名字也叫不回的另一個人。

而寫作這件事，反而是透過孜孜不倦的記錄，讓人逐漸放下心底最依戀的某一部分。只因純粹相信，這些東西能留得比自身更久，那就彷彿永恆了。我突然有種難以言喻的感觸，便在日記最後一頁寫下：「以人類生命的尺度而言，愛是無限逼近永恆的承諾。」停筆，覺得有點不好意思，本想補充點別的，想了想仍是停在這句。我收起筆記本，久久坐在那裡，看遊客在豹館前來來去去，偶爾因為目睹雪豹而發出孩童般的驚呼。有個中年男子經過，見豹子一直趴著，拿起水瓶敲擊玻璃。我以不惜幹架的惡意狠瞪一眼，他便悻悻然走掉了。

一位媽媽帶著孩子在籠前佇足，女孩貼著玻璃瞪大眼睛問：「牠不出來嗎？」「不能出來呀。」媽媽教育她：「出來的話就會把妳吃掉了哎！」

動物園總是充滿安穩和諧的氛圍，陽光也令人昏昏欲睡。我想起西寧地名的由來，如同字面意思是西部的安寧，不過更早以前其實叫青塘，藏語意思是出產駿馬的地方。這時我滑滑手機，本想傳訊息給M，說我離開高原了，但見她剛好在線，決定直接通話。

「沒看到雪豹嗎？」電話那頭的聲音像是剛剛睡醒。

「沒有耶。」

「那小說怎麼辦？」

「真的寫不出來，就去當男公關吧。」

「這你說過好多次了，要就趁年輕喔。」

「到時還請多多指教。」

「對了，你那邊天氣怎樣？臺北最近一直下雨，人都快發霉了。」

「不怎麼樣。」

「嗯……你還好嗎？」她說：「聲音聽起來有點累哎。」

「是很累。」我頓了頓：「感覺好像談了場戀愛。」

「哈，你又沒談過戀愛。」

有些話沒說出口，留下幾秒鐘的沉默。

「喂？聽得見嗎？你那邊訊號好像又斷了。」

「我還沒說話。」我說：「沒有，剛剛只是在想，妳這麼說也沒錯。」

掛上電話後，我又等了一個小時，直到起身離開前，豹子都沒再動過。

（完）

〔後記〕安靜的演化

——我對近幾年臺灣自然導向文學出版的看法

吳明益

1

幾年前，一位訪問者問我，臺灣的自然書寫是否正在衰微（正確的用詞我忘記了，但大意如此）？我說我不以為這樣，臺灣的自然書寫正在演化，演化的趨勢是：科普作品會持續出現，且愈見多元，具有感性文筆的科學研究者會更願意寫作「和個人經驗有關」的自然相關著作；而文學出發的作者，會動搖「純文學」的定義，類型文學會更加蓬勃，而也會有愈來愈多喜歡文學的下一代，同時具有難以取代的自然體驗，寫出「根植於臺灣」的自然書寫。

我當時提到一些名字，這些名字有的不幸在這幾年早逝，有的還在醞釀第一本著作，有的則已出版第一本，或幾本書，但暫時還得不到兩方的肯定——文學以及自然科學。因為每個領域都有其「固定」的「肯定辦法」，這是好的自然書寫者往往「晚熟」的原因，他們得跨過幾個領域的基本門檻。不過，我相信他們終究如看似各自獨立的星系，彼此以神祕的引力相互聯繫著，時機一到，星圖自然浮現。

這篇文章，我意不在推薦特定作者或作品，而是想以一個曾經是這領域專業研究者的身分，概略性地談談，這些年臺灣自然導向文學幾道演化的軌跡。

在西方的自然書寫（nature writing）研究裡，一開始研究者多半認為「非虛構」是現代自然書寫的重要特質。在非虛構的書寫系譜裡，有幾種類型或者用詞，比方說科學書寫（science writing）、歷史書寫（history writing）、傳記（biography）、論述性散文（essay）、報導書寫（journalism writing）、自傳（autobiography）、個人經驗散文（personal experience essay）、抒情性散文（lyrical prose, lyrical writing）等等。當然，這些類型不是可以涇渭分明地分開的，自傳與他傳自然也可能是歷史書寫，歷史書寫裡不乏使用抒情散文的筆法，當然，科學書寫也可能帶著個人經驗。但無論如何，讀者始終假定這類書寫有一個隱性的規範，叫做「非虛構」，這**並非說這類書寫全無虛構或不能虛構，而是部分類型可以允許想像的虛構筆法去呈現（但不能虛構事實）**，也就是說，它們仍能以文學筆法去表現。不過，一旦讀者發現其中有經驗虛構、知識虛構、敘述虛構，它將很可能失去讀者信任，在評價上也會降低。比方像「新新聞」的寫作可以讓記者用像小說般的筆法去寫作，但材料必須（在寫作當下）是可靠的，至少有來源的。

你或許會敏銳地發現，我把這種信任感約略做了一個排序，從科學書寫到新聞書寫，幾乎都偏向具有「公共性」，因此它們如果一旦虛構，失去讀者的信任是理所當然；後幾類則較有「私人性」，它的經驗虛構與否比較難以查證，但一旦被讀者發現，也大多會失去讀者的信任，不過也不乏讀者寬容地認為，後幾類文字表現的魅力（文學性的一種），是極重要的特質，它會形成強烈的個人寫作風格，也就愈難辨識虛構與否。

自然書寫一開始被限定在光譜較強烈「公共性」書寫的一端討論，但因為有太多科學寫作者同時也具備敏感心靈，因此他們的筆記、文章，也會呈現抒情性；再加上有許多業餘的觀察者、探險家、自然愛好者也會試著參酌科學知識與觀察經驗寫作，他們的作品並不在追求「科學研究」這領域的評價，更強調個人經驗，自然也就更易被以文學觀點來評價。

還有部分的寫作者寫作的就是虛構文體——小說，以及以個人抒情性為根基的詩歌，這些作品，更難只以科學價值來衡量，因此，便有研究者（如派翠克・墨菲〔Patrick Murphy〕）用「**自然導向文學**」（nature-oriented literature）來稱呼這種現象（自然書寫指非虛構作品，自然導向文學則包括了虛構作品與詩）。自此，自然相關的書寫的討論，遂滿布非虛構到虛構的光譜，生態批評者甚至擴散到其他學門，讀者藉此觀察到了這類寫作多元且有魅力的演化，展示出人類與自然之間關係的思考。

我想藉幾本臺灣近年出版的書，來說說這種演化，對一個如我這樣讀者的魅力，因為是重點舉例，掛一漏萬難免。

2

在接近科學書寫的這一端，自然史作品《繪自然：博物畫裡的臺灣》（胡哲明等著），鳥類科普書籍《噢！原來如此：有趣的鳥類學》（陳湘靜、林大利），植物地理學的《通往世界的植物：臺灣高山植物的時空旅史》（游旨价），乃至於植物愛好者胖胖樹（王瑞閔）關於熱帶雨林的通俗著作。這類作品，大概沒有人會認為其中可以含有「虛構」成分。而在評價這類著作時，相信也會以其資料是否翔實、科學研究的陳述是否周延為主，再來才是書寫者的個人眼光（包括敘述方式或情感表露）。

這幾本精采的科普書，都讓我驚喜地發現年輕一輩學者的投入。特別值得注意的是，像《通往世界的植物》裡兩位自然繪圖家：黃瀚嶢與王錦堯，以及《噢！原來如此》的陳湘靜，都不只是傳統藝術領域的繪者，他們都出身自然研究專業。這種現象，最能說明它們的藝術性，根基在於「非虛構」與「科學性」之上的要求。

而另一批較從人文學門出發的寫作者，則偏向以個人經驗為主，擷取相關研究成果進到他們的著作裡，這類寫作有強烈的抒情性，好的作品會謹慎使用研究資料（而不是憑自身的好惡），他們或許沒有研究實績，但也會運用細膩的觀察能力，偶爾帶給專業研究者啟發。

不過，這類的作品價值重點還是在於與自然互動後獨特的經驗與思考反芻，因此，文字的抒情性裡最迷人的莫過於「情緒」、「哲思」以及文字技巧烘托出的「氛圍」，再加上對自然議題的「批判」。

曾與我有短暫師生之緣的劉宸君的《我所告訴你關於那座山的一切》可為代表。宸君和同伴梁聖岳在喜瑪拉雅山南坡附近山徑失蹤四十七天的事件是國際關注的新聞，離世的宸君從我認識她時就是個重度的書寫者，她的閱讀經驗以文學為主，其他登山知識、自然知識為輔。在受困山區時她寫稿不輟，遺稿經過梁聖岳和同樣愛好寫作的朋友羅苡珊整理後出版，書中從登山經驗與渴望出發，加上絕境時的心理變化，透過宸君特殊氣質的文筆表現出來，是一部不可再復的動人絕筆。（每回提到宸君，就讓我想起一樣正要發光時早逝的廖律清。）

此外，如栗光《潛水時不要講話》和山女孩 kit 的《山之間：寫給徒步者的情書》，也是這類調性的寫作。作者以自身的熱情從事自然活動，從許多層面獲得啟發，最概略的分述不免就是自然經驗裡最有魅力的科學知識以及美學上的陌生感——透過作者具有感染力的文字，自然會呈現出與一般文學作品相異的氛圍與魅力。

這裡還有一個重要的觀察點是，過去提到臺灣的自然書寫，會提及的女性書寫者名字大約有徐如林、凌拂、阿寶、洪素麗、杜虹、張東君、蔡偉立、黃美秀……等等，但這五年內出現的女性自然書寫者，恐怕在這類作者裡比例過半，這在過去四十年來的臺灣自然書寫史裡在比例上之高是罕見的。

因此，得知張卉君和劉崇鳳兩位已各自出過幾本書的作者，將合出一本名為

《女子山海》的對話集時，不免覺得這書名或許可以用成標識臺灣女性自然書寫者階段性形象的標題。

3

徐如林是登山、古道專家，凌拂開創的是植物書寫的路向，洪素麗以觀鳥為書寫主軸，杜虹則具有國家公園解說員的身分，阿寶是女農，張東君、蔡偉立與黃美秀則是專業研究者。這樣的多光譜面相，實則已可讓研究者繪製出一幅女性自然主義聲譜圖。這幾年的新進女性寫作者，則將這幅聲景的音域擴大中，崇鳳與卉君是值得注意的兩位。

崇鳳與卉君都是文學系所畢業，但兩人皆與傳統的文藝女青年的路向不同。崇鳳熱愛登山並成為嚮導，後曾申請壯遊後生活在都蘭，復回美濃隨家族耕作。本是文藝青年的卉君也曾在美濃參與在地團體，因緣際會來到花蓮加入黑潮文教基金會，一面學習海洋與鯨豚知識，一面投身環境運動。兩人從大學走來一路扶持，一路交換山海經驗，可以說《女子山海》的對話裡，體現了自然書寫考驗、養成，以及從文學出發作者在投入環境運動的辛苦歷程。

寫作個人經驗散文對她們來說並非難事，她們大可像一般的文藝青年寫類似的內容，然後投稿參賽。但我相信她們深入這個領域後，面對的第一個難處是自然科學在近數百年來突飛猛進，許多純感性的觀察若缺乏知識做為後盾，對多數讀者來說都只不過是一己的情思而已。那些感嘆自然風光的作品，美學力道已然遞減，難以長期打動讀者。

第二個難題是，當她們願意面對自身知識面的傾斜，而投身其他領域的知識體系後，又會發現所有的知識體系或許能解決「理解」層面的問題，卻很難處理環境議題社會化以後，在政治、經濟、社群層面上的糾結。於是另一個難關隨之而來：就算你懂得說明、分析問題所在，你願投身去解決問題嗎？

於是，這類作者從抒情性出發，卻隨著寫作愈走愈遠，終究來到「公共性」這端的光譜。他們或投身環境運動，或投身實地實踐，耗滅了一些青春，換取對實際議題的一些發聲權與能力。只不過，最終他們又會發現寫作可能被文學的評論質疑——這樣的寫作，還存在著文學性嗎？

我在觀察崇鳳和卉君的寫作，正是經歷了前兩個階段的追求與自我懷疑，現在正在第三個階段的門口徘徊。因為在黑潮工作，我與卉君較有說話的機會，曾不只一次聽她提及自己的疑惑。她不像同輩的寫作者獲得文學上聲量的肯定，但她又清楚地知道，自己這些年在環境運動、科學調查參與上的許多細節，充滿了人性與自我掙扎，那不就是文學的根源之一嗎？同樣地，原本只是熱情登山，而後返鄉耕作的崇鳳亦然。每一個實際參與生產的耕作者，都知道耕作不像棄官回鄉書寫田園那般清爽自在，耕作是體力的考驗，販售時將是耕者與巨大體系（現代產銷機制）的互動與對抗。這是在這類寫作者身上無可取代的經驗，卻也常常是傳統的文學批評者，無法從其間提舉出「文學性」的緣由——光是文學技巧，並沒辦法說明這類作品的價值。

《女子山海》正是崇鳳與卉君以往復信件形式來表現這些年來她們信仰、懷疑、轉變的剖白，對我來說，這是她們的真情寫作、身體寫作。沒有之前作品的包袱（環境運動者的身分、登山嚮導的身分……），不掉書袋，重點放在敘說自己的觀點、自己的記憶，引出自己轉變向「非文學科系式」的人生，而又深深受文學影響的生命經驗。

正如崇鳳所寫：「多慶幸我們回不去了……我們有幸看著一個海灣如何改變她的面貌，我們學會面對欲望」，又如卉君和崇鳳共同認識的，那個有著傳奇浪漫身影的阿古所說的：「起手不回隨風去。」

她們有時寫著自己的經歷，有時寫出對對方的想像，寫到面對自然時的寬闊、陰暗、死亡與救贖，偶爾觸及到生而為人與其他生物的差異，以及投入人世時對教育與改變他人觀念的思考。她們的作品都還提到「組織」。組織如何吸引、消磨熱情，卻也打磨她們的思考與行動。組織不是必要之「惡」，而是必要之「痛」。組織讓她們打消念頭，也促成行動。

這正是我要說的，卉君和崇鳳作品裡的價值。她們兩位或許在三十年前，都會發育成臺灣女性散文家所追求的：談論成長經驗（如《擊壤歌》）、以詩詞文學做為抒情的聯想（如簡媜早期作品），或是追求某種優雅文化的美學（如林文月的作品）。但她們同樣以女性觀點出發，面對的卻是野地與野性，時而多感傷情，時而天真爛漫，時而包容孕育，時而帶出她們以性別出發的批判性。這裡頭的文學思考，體質已大不相同。

崇鳳談到雌性之美，香與髒的辨證（傳統我們總把前者歸給女性，後者歸於男性）、一般人對山間嚮導的刻板性別形象。卉君則以自身投入環境運動，時常被以性別的角度特殊看待的經驗，思考自己脫下「公鹿角」的過程。她們意在訴說，一個少女、女人、情人、妻子、媳婦，同時也是一個嚮導、農務者、NGO團體的執行長時，看待事物的方式有何特殊之處，而又是如何演化出她們此刻的視野。

對我來說，這就是《女子山海》的魅力。

4

而徐振輔的《馴羊記》，則是非常具有野心的寫作。

多年前我在振輔還是高中生的時候見過他，那時他已顯露文字天賦。我心底暗暗相信，以他的天賦，很快就能在臺灣現行的一些單篇文學獎獲獎，走上他期待的文學之路。當時他問我，對於未來就讀科系的選擇，我當然不敢踰越自己的身分給予任何自以為是的建議，但我提到，如果是我再一次選擇的話，我應該不會再選擇文學系所就讀。因為以我個人年輕時對文學與藝術的熱情，那些師長們後來帶我讀的作品，即使我不讀文學科系，也都會在自己主動閱讀的範圍之內。至於文學批評理論或相關哲學對我來說也從未造成閱讀困難，我相信振輔亦然。

振輔後來就讀了昆蟲系，那正是一個從閱讀領域、研究方法，以及周遭群體都不同於文學系所的地方。

漸漸地，我聽聞振輔獲得一些獎項的消息，也在專欄裡讀到他的文字。那些他遠赴異地的生態紀錄，除了一再證明他的文字天賦外，也顯露出驚人的消化能力。

他把他喜愛的國外自然書寫者、科普作品成功地消化在自己的寫作裡，而且不妨礙他散文的文學質素。我幾乎可以看到他若出版一本散文式的自然書寫，將會引發的讚許評論了。如果要說有什麼我自以為是覺得可惜的，大概就是在科學領域裡，他似乎沒有找到自己專注的「研究題目」。這可能是他的興趣太廣了吧。

不過振輔是一個有熱情、有冒險精神；更重要的是，有野心的作者，他選擇寫作這本《馴羊記》。這本作品依他的說法，包含了抒情性散文、知識性散文，也包含了小說的形制。這形制在我的觀察裡，類似於後設筆法的虛構術。小說內容時間跨度分別是七世紀的吐蕃王朝、中國一九五〇至一九六〇的革命年代，以及一九八〇後的社會情境。而在內容上，則鑲嵌了人類學、生物學、人文地理學、社會學、宗教等等領域。

不過在我看來，這仍是一本自傳性強烈的作品。它雖然融合了大量非虛構資料，但其間的文學美學脈絡是清楚的，只要對文學有一定閱讀基礎的讀者，相信能在其間看到熟稔的班雅明、馬奎斯⋯⋯。但像我這類讀者，才比較容易注意到它的美學精神，是根植於北美自然作家約翰・海恩斯（John Haines）。這對我來說，相當於一個創作者的「閱讀自傳」。

故事的主體是「我」尋雪豹的旅程，加上旅程中各種耽誤、錯過以及偶遇，帶出各個篇章，包括了一部稱為《馴羊記》的日本人宇田川慧海著作，振輔刻意把現實和虛構做了讓人更易混淆的機關。

簡單地說，《馴羊記》裡的《馴羊記》，以及〈豹子對你而言是什麼？〉和〈雪雀〉是這部作品刻意暴露「虛構」文體的章節。宇田川慧海的《馴羊記》出現最重要的目的，便是在與自我經驗的非虛構部分做一個對照。對一個旅行者來說，路上經驗當然為真，但所聽聞的地方故事，包括從書中讀到的各種紀錄，都很難確定為「真」。那個「真」的認定建立在我們對書寫的信仰，對話語的信任上。但事實上，書寫與話語，都是容易造假的工具。振輔在這裡刻意用了容易顯露「假」的虛構文體，帶著讀者去感受他聽到的那些故事，讀到的那些似假還真的資料。

也可能是振輔的入藏之旅，讓他驚覺「圖博」這個詞的多層次精神，實在無法光以抒情或知識兼具的散文去表現出來。唯有運用虛構文體，把多個角度的時空與思考，不著痕跡接縫起來，才能表達他的「心意」。我想振輔的書等了這麼久，等的就是這個「結構」吧。不過，這些結構在藝術上是成功抑或失敗，還得經過讀者的認肯。

《馴羊記》的寫作，宣告了振輔的寫作並不想從自我經驗開始而已，他帶著更宏大的野心。這個宏大的野心也暴露他的寫作（或所有困難的寫作）是如何誠實面對力有未逮之處。人尋找豹子（有時為了打獵有時為了拍照有時為了記錄）、豹子獵殺牲畜、人尋找人，人獵殺人，人馴羊，人也馴人。而唯野性如雪豹不可馴（尋）。

振輔的筆法老熟，已是一個成熟作家的樣貌，讀者進入這樣的一部作品，尋的是雪豹、故事的痕跡，以及振輔若有似無地要讀者去「尋」的一些物事——人與生物、環境的相處，和人最珍貴的那一絲覺明——唯有人（應該吧）會困陷其中的，關於生存的意義。

做為振輔寫作的同行，我不想去評價他這部作品的優劣價值，可能是因為我自己體驗過所謂的「寫作之路」。振輔的天賦讓他的寫作帶著野性，也因為天賦讓他的寫作帶著自我期許，因此想像雪豹一樣躍過絕崖。我得說這部作品讓我對振輔印象深刻，因為任何生命最有活力之時絕非「天人合一式」的譫妄與偽和諧，而是充滿野性的野心。那是種子不擇手段地散播術，是候鳥不辭千里的遷徙，是哺乳動物被家族逼走的擴張。

5

我相信未來幾年，會有幾位面貌各自不同的寫作者會跨出不一樣的步伐（如還未出書的林怡均、羅苡珊、白欽源……），我像一位天真的自然書寫讀者，持續期待與觀察這個文類的演化與火花，這是老去的上一代唯一能做的事。演化安靜，卻從不回頭。

※我個人為免人情世故的麻煩，一向不為自己學生以外的書寫序（為自己的學生寫，當然就是生命有交會的私心）。但數本與我有因緣的作品出版邀我寫文章時，遂想到可以用過去研究者的身分來寫一篇綜觀的論述。這篇文章可能會收入不同的書裡或媒體，不是偷懶，而是不講述完整脈絡，單一作品的區位與價值便不易體現，讀者當可諒察。

參考文獻

除了個人經驗之外，書中亦有許多資料與想法源自他人作品。基於小說風格與形式考量，難以在文中羅列，本節謹附上較具代表性者，供有興趣的讀者們參考。

王力雄，《天葬：西藏的命運》。初版，臺北：大塊文化，二〇〇九年。
王堯譯述，《藏劇故事集》。初版，拉薩：西藏人民出版社，一九八〇年。
尕藏才旦，《藏傳佛教史》。初版，蘭州：甘肅民族出版社，二〇一二年。
李云，《藏戲》。初版，北京：文化藝術出版社，二〇一四年。
李江琳，《當鐵鳥在天空飛翔：1956-1962青藏高原上的秘密戰爭》。初版，臺北：聯經出版，二〇一二年。
李江琳，《1959：拉薩！——達賴喇嘛如何出走》。二版，臺北：聯經出版，二〇一六年。
高翔，《西藏「覺木隆」藏戲研究》。初版，北京：宗教文化出版社，二〇一五年。
索次，《藏族說唱藝術》。初版，拉薩：西藏人民出版社，二〇〇六年。
唯色，《西藏記憶》。初版，臺北：大塊文化，二〇〇六年。
唯色，《看不見的西藏》。初版，臺北：大塊文化，二〇〇八年。
唯色，《鼠年雪獅吼：2008年西藏事件大事記》。初版，臺北：允晨文化，二〇〇九年。
唯色，《西藏：2008》。初版，臺北：聯經出版，二〇一一年。
唯色，《西藏火鳳凰：獻給所有自焚藏人》。初版，臺北：大塊文化，二〇一五年。
溫普林，《安多強巴》。初版，臺北：大塊文化，二〇〇二年。
廖東凡，《神靈降臨》。初版，北京：中國藏學出版社，二〇〇八年。
廖東凡，《雪域眾神》。初版，北京：中國藏學出版社，二〇〇八年。
廖東凡，《藏地風俗》。初版，北京：中國藏學出版社，二〇〇八年。
廖東凡，《靈山聖境》。初版，北京：中國藏學出版社，二〇〇八年。
廖東凡，《拉薩掌故》。二版，北京：中國藏學出版社，二〇一四年。
劉志群，《中國藏戲史》。初版，拉薩：西藏人民出版社，二〇〇九年。

Tim Cresswell，《地方：記憶、想像與認同》（*Place: a Short Introduction*）。王志弘、徐苔玲

譯，初版，臺北：群學出版社，二〇〇六年。
丘揚創巴仁波切，《藏密度亡經：中陰聞教大解脫》（*The Tibetan Book Of The Dead*）。鄭振煌譯，初版，臺北：明名文化，二〇〇九年。
朱塞佩・圖齊（Giuseppe Tucci），《到拉薩及其更遠方——1948年西藏探險日記》（*A Lhasa e oltre*）。李春昭譯，初版，北京：中國藏學出版社，二〇一七年。
西蒙・路易斯、馬克・馬斯林（Simon Lewis & Mark Maslin），《人類世的誕生》（*The Human Planet: How We Created the Anthropocene*）。魏嘉儀譯，初版，臺北：積木文化，二〇一九年。
貝利・布萊恩（Barry Bryant），《時輪金剛沙壇城：曼陀羅》（*The Wheel of Time Sand Mandala*）。陳琴富譯，二版，新北：立緒文化，二〇一二年。
彼得・馬修森（Peter Matthiessen），《雪豹：一個自然學家的性靈探索之路》（*The Snow Leopard*）。宋碧雲譯，初版，臺北：馬可孛羅，二〇一二年。
河口慧海，《西藏旅行記》（上、下）。吳繼文譯，初版，臺北：馬可孛羅，二〇〇三年。
河合隼雄，《活在故事裡：現在即過去，過去即現在》（物語を生きる——今は昔、昔は今）。洪逸慧譯，初版，臺北：心靈工坊文化，二〇一九年。
河合隼雄，《神話與日本人的心》（神話と日本人の心）。林暉鈞譯，初版，臺北：心靈工坊文化，二〇一九年。
阿拉史泰爾・邦尼特（Alastair Bonnett），《地圖之外：47個被地圖遺忘的地方，真實世界的另一個面貌》（*OFF THE MAP: Lost Spaces, Invisible Cities, Forgotten Islands, Feral Places, and What They Tell Us About the World*）。黃中憲譯，初版，臺北：臉譜出版，二〇一六年。

洛夫・石泰安（Rolf A. Stein），《西藏的文明》（*Tibetan Civilization*）。耿昇譯，二版，北京：中國藏學出版社，二〇一二年。

約翰・海恩斯（John Haines），《星星、雪、火》（*The Stars, the Snow, the Fire: Twenty-five Years in the Northern Wilderness*）。吳美真譯，初版，臺北：天下文化，一九九八年。

索甲仁波切，《西藏生死書》（*The Tibetan Book of Living and Dying*）。鄭振煌譯，初版，杭州：浙江大學出版社，二〇一一年。

唯色、澤仁多吉，《殺劫：不可碰觸的記憶禁區，鏡頭下的西藏文革，第一次披露》（*Forbidden Memory: Tibet During the Cultural Revolution*）。二版，臺灣：大塊文化，二〇一六年。

馮客（Frank Dikötter），《文化大革命：人民的歷史1962-1976》（*The Cultural Revolution: A People's History 1962-1976*）。向淑容、堯嘉寧譯，初版，臺北：聯經出版，二〇一七年。

馮客（Frank Dikötter），《解放的悲劇：中國革命史1945-1957》（*The Tragedy of Liberation: A History of the Communist Revolution, 1945-1957*）。蕭葉譯，初版，臺北：聯經出版，二〇一八年。

喬治・夏勒（George B. Schaller），《第三極的饋贈：一位博物學家的荒野手記》（*Tibet Wild: A Naturalist's Journeys on the Roof of the World*）。黃悅譯，初版，北京：生活・讀書・新知三聯書店，二〇一七年。

楊海英，《蒙古騎兵在西藏揮舞日本刀：蒙藏民族的時代悲劇》（チベットに舞う日本刀　モンゴル騎兵の現代史）。吉普呼蘭譯，初版，臺北：大塊文化，二〇一七年。

愛德華・威爾森（Edward O. Wilson），《半個地球：探尋生物多樣性及其保存之道》（*Half-Earth: Our Planet's Fight for Life*）。金恒鑣、王益真譯，初版，臺北：商周出版，二〇一七年。

齊格蒙・包曼（Zygmunt Bauman），《廢棄社會：過剩消費、無用人口，我們都將淪為現代化的報廢物》（*Wasted Lives: Modernity and Its Outcasts*）。谷蕾、胡欣譯，初版，臺北：麥田出版，二〇一八年。

Dong, Quan-Min et al. (2013) A review of formation mechanism and restoration measures of "black-soil-type" degraded grassland in the Qinghai-Tibetan Plateau. *Environ Earth Sci* 70, pp. 2359-2370.

Huang, Xiang et al. (2010) Environmental impact of mining activities on the surface water quality in Tibet: Gyama valley. *Science of The Total Environment* 408 (19), pp. 4177-4184.

Lafitte, Gabriel (2013) *Spoiling Tibet: China and Resource Nationalism on the Roof of the World*. London: Zed Books.

Lai, Chien-Hsun & Smith, Andrew (2003) Keystone status of plateau pikas (*Ochotona curzoniae*) effect of control on biodiversity of native birds. *Biodiversity & Conservation* 12, pp. 1901-1912.

Magee, Darrin (2012) "The Dragon Upstream: China's Role in Lancang-Mekong Development", in Öjendal, Joakim, Hansson, Stina & Hellberg, Sofie (eds.), *Politics and Development in a Transboundary*

Watershed (pp. 171-193). Springer Netherlands.

Smith, Andrew & Foggin, Marc (1999) The plateau pika (*Ochotona curzoniae*) is a keystone species for biodiversity on the Tibetan plateau. *Animal Conservation* 2, pp. 235-240.

Wang, Pu et al. (2015) A critical review of socioeconomic and natural factors in ecological degradation on the Qinghai-Tibetan Plateau, China. *The Rangeland Journal* 37, pp. 1-9.

Wilson, Maxwell & Smith, Andrew (2015) The pika and the watershed: The impact of small mammal poisoning on the ecohydrology of the Qinghai-Tibetan Plateau. *AMBIO* 44, pp. 16-22.

Yeh, Emily et al. (2017) Pastoralist Decision-Making on the Tibetan Plateau. *Human Ecology* 45, pp. 333-343.

新人間叢書 318

馴羊記

作　者—徐振輔
主　編—羅珊珊
責任編輯—蔡佩錦
校　對—蔡榮吉、蔡佩錦、徐振輔
內頁排版—新鑫電腦排版工作室
封面設計—廖韡
行銷企劃—吳儒芳

總 編 輯—胡金倫
董 事 長—趙政岷
出 版 者—時報文化出版企業股份有限公司
108019台北市萬華區和平西路三段二四〇號四樓
發行專線—（〇二）二三〇六—六八四二
讀者服務專線—〇八〇〇—二三一—七〇五
（〇二）二三〇四—七一〇三
讀者服務傳真—（〇二）二三〇四—六八五八
郵撥—一九三四四七二四時報文化出版公司
信箱—10899臺北華江橋郵局第九九信箱

時報悅讀網—http://www.readingtimes.com.tw
思潮線臉書—https://www.facebook.com/trendage
法律顧問—理律法律事務所　陳長文律師、李念祖律師
印　刷—勁達印刷有限公司
初版一刷—二〇二一年四月二十三日
初版十刷—二〇二四年五月二十二日
定　價—新臺幣四五〇元

時報文化出版公司成立於一九七五年，
並於一九九九年股票上櫃公開發行，於二〇〇八年脫離中時集團非屬旺中，
以「尊重智慧與創意的文化事業」為信念。

馴羊記 / 徐振輔著 . -- 初版 . -- 臺北市 : 時報文化出版企業股份有限公司 , 2021.04
360 面 ; 14.8x21 公分 . --（新人間叢書 ; 318）

ISBN 978-957-13-8768-0（平裝）

863.57　　110003423

ISBN 978-957-13-8768-0

Printed in Taiwan